Christoph Nix

Junge Hunde

Roman

Das Neue Berlin

ISBN 978-3-360-01937-0

Umschlaggestaltung: www.buchgestalter.net
unter Verwendung eines Motivs von Christine Neumann
Druck und Bindung: Druckerei Finidr

Ein Verlagsverzeichnis schicken wir Ihnen gern:
Das Neue Berlin Verlagsgesellschaft mbH
Neue Grünstr. 18, 10179 Berlin
Tel. 01805/30 99 99
(0,14 Euro/min. aus dem deutschen Festnetz, abweichende Preise für Mobilfunkteilnehmer)

Die Bücher des Verlags Das Neue Berlin
erscheinen in der Eulenspiegel Verlagsgruppe.

www.das-neue-berlin.de

INHALT

Es gibt nichts Wichtigeres als die Freiheit.

Ho Chi Minh

I. DER VERRAT

Post aus Peking

»Mein Gott«, empörte sich Herr Piff Paff, »woher der Bub all seine Post hat.« Dann warf er den großen Briefumschlag über den Gartenzaun. Meine Tante fing ihn auf, mein Großvater schlief in seinem Schaukelstuhl, ich saß noch in der Eisenbahn und wusste nichts von meinem Glück.

Als ich von der Schule nach Hause kam, war es glühend heiß in meiner Dachkammer. Es war Sommer, und auf dem Bett lag ein dicker, brauner Umschlag aus Peking. Ich stutzte, schmiss meine Schulmappe achtlos in eine Ecke, hätte schreien können vor Freude, wusste, ich war aufgenommen in den großen Kreis der kommunistischen Weltfamilie. Ja, ich hatte Post aus China. Ich war sicher der Einzige in meinem Dorf, der jemals Post aus China bekommen hatte, aus der chinesischen Hauptstadt. Der Absender war aber nicht Tschou En-lai oder ein Herr Lin Piao, auch nicht der Schüler Ho oder der Lehrer Me-ti, nein, es war kein Brieffreund, es war kein Liebesbrief, es war offizielle Post vom größten Radiosender der Welt: »Radio Peking aus Peking in China.«

Ich öffnete das Kuvert, roch an seiner Verklebung, und dann fielen mir ein rotes Büchlein, ein bunter Wandkalender und der Monatsplan der Peking Oper in die Hände. Kein Brief? Kein persönliches Anschreiben? Hätte da nicht stehen können: »Lieber Genosse Menz …«

Ich war enttäuscht, wollte schon in der Mao-Bibel blättern, da fiel mir doch noch ein Papier in die Hände. Auf zartem, feinem Reispapier war mit Schreibmaschine in deutscher Sprache geschrieben: »Lieber Freund!« Das war ich. »Wir freuen uns …« Aber, mein Gott, wie freute ich mich erst. Radio Peking schrieb mir und würde mich künftig über den Lauf der Welt in Kenntnis setzen. Dann folgten eine Aufforderung zur Beteiligung am Kampf gegen die neuen Zaren in Moskau und eine Tabelle, wo überall in der Welt und unter welcher Frequenz ich nunmehr täglich Radio Peking würde hören können. In jedem Fall war das der Anfang, der Beginn einer Freundschaft, der Start einer Korrespondenz zwischen dem Dorf Ehringshausen in Hessen und Peking mitten in China. Ich vergaß meine Schulaufgaben und hörte nicht auf die unentwegten Fragen meiner Tante, wie ich es ihr antun könne, Bolschewist zu werden, und woher ich eigentlich die Anschrift hätte.

Am meisten aber war meine Tante beunruhigt über Herrn Piff Paff. Der war irgendwann einmal Schüler meines Großvaters gewesen, ein schlechter dazu, und, was das Schlimmste war, er war geschwätzig. Was Herr Piff Paff heute wusste, wusste morgen das ganze Dorf. Mein Onkel durfte nicht gewarnt werden. Er war groß und stark und Berufsoffizier bei der Bundeswehr. Eine linke Bazille würde er in seinem Hause niemals dulden.

Im Grunde war es ein Wunder, dass Herr Piff Paff das Kuvert nicht heimlich geöffnet und später mit dem Stempel »Verpackung beschädigt« darüber hinweggetäuscht hatte, dass er der neugierigste Postbote war, den die Deutsche Bundespost je gesehen hatte.

Das andere, das eigentliche Problem war mein Großvater, »Hauptlehrer in Ruhe« nannte er sich. Er war ein hochgewachsener alter Mann, und man konnte sich gut vorstellen, wie er damals ausgesehen hatte in seiner SA-Uniform. Alle im Dorf kannten ihn, und er hatte nichts von seinem Respekt eingebüßt. Amerikanische Soldaten hatten ihn abgeholt und ins Internierungslager gebracht. Sie hatten ihn zusammengeschlagen, ihn getreten. Als er zurückkam, hatte er ein steifes Bein und war stumm geworden. Mein Opa war ein gebrochener Mensch. Wir mussten zusehen, wie man mit so einem klarkommt. Er redete nicht mehr über die jüngste Geschichte, nur noch über die Griechen und Römer, nicht über den Krieg und nicht über den Nationalsozialismus, nicht über seine Zeit und das Große Deutsche Reich. Er hatte sich gewaltsam begrenzt, aber in ihm brodelte es.

Ich kontrollierte das Kuvert. Ob es nicht doch über Wasserdampf geöffnet worden war? Alles schien in Ordnung, vielleicht benutzten die Genossen in China eine besondere Verklebung. Herr Piff Paff war harmlos, nur eine Spezies der kapitalistischen Erscheinungsweise des Privatspions.

Ich suchte nach Papier und wollte gleich ein Antwortschreiben verfassen. Sollte ich meinen Freunden in China mitteilen, dass ich Beatles-Fan war? Weckte ich da nicht am Ende Misstrauen? Es konnte leicht der Eindruck entstehen, ich sei ein amerikanischer Geheimagent. Das wollte ich auf keinen Fall, ich würde nicht riskieren, wieder von der Liste der korrespondierenden Mitglieder gestrichen zu werden. Ich war ratlos, blieb untätig und schlief am Nachmittag ein. Ich schlief den Schlaf eines Gerechten so lange, bis ich tief in meinen Träumen die Stimme meiner Tante hörte, mitten in die Wirren der Revolution hinein, mitten unter roten Fahnen, gerade als ich dabei war, das Winterpalais des Zaren zu stürmen, rief sie das profane Wort »Abendessen«!

Ich erwachte und fand mich wieder in der Einöde meiner deutschen Provinz. Das Abendessen war fertig, und ich hatte noch nichts für die Mathearbeit getan. Ich verließ meine Dachkammer, ging die Treppe hinunter und war angekommen. Vor mir lag die Mühe der Ebene, und mein Großvater saß am Tisch wie ein Fels, der ins Tal gerollt war, streng die Stimme: Hast du dich auf deinen morgigen Unterricht vorbereitet!? Und ich log, weil Revolutionäre manchmal lügen müssen. Es sind Notlügen, die auch der liebe Gott erlaubt hat. Es sind Lügen, die unseren guten Ideen dienen.

Es gab Schmierkäse in einer dreieckigen Verpackung und grüne Tomaten mit Pfeffer und Salz. Es war still in der Küche meines Großvaters, es gab nichts zu erzählen, jeder von uns war in seiner kleinen eigenen Welt eingesperrt. Meine Tante dachte an ihren Mann, der war als Soldat gerade im Manöver; meinem Großvater fehlte meine Großmutter, die lag seit einem Jahr auf dem Friedhof, und mir fehlte so ziemlich alles, was einem vierzehnjährigen Jungen nur fehlen konnte. Der Vater war tot, die Mutter krank, und eine Freundin hatte ich leider nicht. Ich hatte einen großen Traum: Ich wollte Revolutionär werden. Angeführt von Che Guevara wollte ich raus hier. Die Revolte würde mich eines Tages von Cuba nach China und zurück bringen. Meine Post von heute war erst der Anfang dieser Kreisbewegung.

Lob der Eisenbahn

Natürlich wusste ich, wo China liegt. Zwar war mein eigener Aktionsradius auf 23 Kilometer Bahnfahrt reduziert, aber das galt ja nicht für meinen Kopf. Dort, wo ich lebte, gab es die Kleinstadt und mein Dorf. Es gab natürlich mehrere Städte und zahlreiche Dörfer, aber mein Dorf lag genau zwischen zwei Städten, und jede Stadt hatte ein eigenes Gymnasium. Wir konnten sogar wählen und wurden nach der Wahl gleich getrennt. Die einen fuhren nach Herborn auf das Johanneum und die anderen nach Wetzlar auf die Goetheschule. Ich gehörte zu den Herbornern, und das empfand ich als mein großes Glück. Wir waren weltoffen und bereit für jedes Abenteuer.

Bereits vor dem Bahnhofseingang teilten wir Schüler uns in zwei Gruppen. Es schien uns wie eine bedeutungsvolle und grundsätzliche Trennung, die einen folgten Goethe und die anderen einem Aufklärer, der viel älter und im Grunde radikaler war. Neue Menschenlandschaften entstanden, neue Karrieren bahnten sich an. An den trüben Nachmittagen hatten wir wenig miteinander zu tun, außer dass wir alle stolz darauf waren, mit dem Zug unterwegs zu sein. Wir waren Fahrschüler und daher der Kontrolle unserer Elternhäuser entzogen. Immer kamen Züge zu spät. Man konnte sie verpassen. Immer blieb irgendein Zug auf der Strecke liegen. Dafür waren nicht wir verantwortlich. Man konnte sich auf Bahnhofstoiletten herumtreiben. Manchmal waren Züge auch überfüllt, und der Slogan der Deutschen Bundesbahn: »Alle reden vom Wetter. Wir nicht«, führte bei uns Pendlern nur zu einem müden Lächeln. Wir waren glückliche Fahrschüler, wir konnten rauchen und in die Bahnhofsgaststätte gehen, wir konnten Reisende beobachten und im Zug Schulaufgaben erledigen, wir konnten die Füße hochlegen und Schaffner ärgern. Wir waren Reisende ohne Gepäck, sah man von unseren schweren Schultaschen ab.

Hatten nicht die meisten Revolutionen auf Bahnhöfen begonnen? Waren nicht die Lokführer in England besonders streikwillig? Gab es nicht auch den Lokführer Jalava, der Lenin 1917 in seiner Dampflokomotive nach Russland eingeschleust hatte? Es gab den Roman von Boris Pasternak über »Doktor Schiwago« und es gab diesen Film, in dem die Bolschewiken nicht immer eine gute Figur machten. Das hatten wir uns gemerkt. Klaus Kinski, der im Film einen Anarchisten spielt, war unser Freund geworden. Nein, wir Fahrschüler, wenn wir uns denn für die Revolution entschieden hatten, konnten nicht so ohne weiteres an die Machthaber in der Sowjetunion glauben. Wir nicht. Klaus Kinski hat uns immer begleitet, von den Kriminalfilmen mit Eddi Arent über die Transsibirische Eisenbahn bis zu Winnetou. Vielleicht würde ich einmal Mitglied in der Eisenbahnergewerkschaft werden, denn die Eisenbahn spielte in unserem Leben eine große Rolle. Sie war uns so wichtig wie die Filme im kleinen Roxy Kino. Leo Trotzki fährt mit dem gepanzerten Sonderzug durch die riesige Sowjetunion. Er trägt einen Spitzbart und eine Nickelbrille, er ist immer auf der Jagd nach Konterrevolutionären, aber eigentlich ist er auf der Flucht. Er weiß es nur noch nicht.

Wenn die alten Dampflokomotiven in den Bahnhof einfuhren, qualmten und zischten, wenn Wasserdampf aus den Schornsteinen kam, das Gesicht der Heizer rot war von der Glut des Kokses, die gutmütigen Ungeheuer schwitzten und dampften, dann wussten wir, das alles geschah, um uns, die Jugend der demokratischen Republik, in die Schule zu schaffen. Und wir fragten uns, ob dies die gleichen Lokomotiven waren, die die anderen Kinder nach Auschwitz gebracht hatten. Aber niemand sprach mit uns. Alle Schaffner hielten dicht. Alle Großväter schwiegen, und die Väter waren schon längst wieder verschwunden. Niemand war unschuldig.

Ich sah von weitem schon den Rauch, drängte mich an den Rand des Bahnsteigs und wartete auf den Wagen Nummer zwei. Da saß mein Freund Michael. Jeden Morgen warteten wir aufeinander, schrieben Hausaufgaben voneinander ab, erzählten uns von den drögen Nachmittagen in unseren Elternhäusern und hielten Ausschau nach Mädchen. Das war mehr eine sportliche Übung. Denn solange wir zusammen waren, blieben wir uns treu. Michael verehrte Bertolt Brecht. Er rauchte wie Brecht seine Zigarillos, kleidete sich wie Brecht, hatte eine Frisur wie Brecht. Die Kappe hatte Michael seiner Mutter abgeschwatzt. Er und ich, wir hatten beide die Brecht-Gesamtausgabe von Suhrkamp gekauft. Es hatte Wochen gedauert, bis die örtliche Buchhandlung die Lieferung aus Frankfurt erhielt. »Hallo Suhrkamp, bitte kommen.« Alles war ein Abenteuer. Michael und ich waren Freunde fürs Leben, aber dann ist er irgendwo in all den Zügen verschwunden. Vorher sagte er mir noch Lebewohl. Sein Vater hatte eine neue Arbeitsstelle gefunden, und die Familie musste umziehen. Wir schworen uns ewige Treue, aber wir haben uns nie wiedergesehen. Wir waren Doktor Schiwago und Laura. Wir wollten nicht, aber wir mussten auseinandergehen. Wir haben uns nie geküsst, aber wir waren Fahrschüler, wir kannten die Bahnhöfe dieser Welt, und wir hatten etwas von der Freiheit gespürt, die unweigerlich mit Reisen zusammenhängt. Wenn jemand wusste, was Abschied ist, dann waren wir das und die Matrosen im Hamburger Hafen. Es gab eben keine Wiederkehr. Das galt auch für die Matrosen von Kronstadt, das waren unsere Brüder, und Leo Trotzki hatte sie abschießen lassen.

»Wir haben sie abgeschossen wie die Enten auf dem Teich.« Wer so spricht, darf sich nicht wundern, wenn andere einem einen Eispickel in den Kopf schlagen. Lenin und Trotzki hatten schreckliche Fehler begangen. Wann begann der Irrtum? Wo stellte sich die Machtfrage gegen die Revolution? Michael und ich, die Lokführer und die Matrosen, wir hatten das alles durchschaut, aber wer hörte schon auf uns? Der Ruf der Freiheit. Der Pfiff der Lokomotive und Radio Peking. Das liegt in China und da wäre ich gern hingefahren. Wo bitte hält die Transsibirische Eisenbahn?

Als ich ein kleiner Junge war, hatte Vater mir eine Eisenbahn versprochen. Ich konnte meinen Geburtstag kaum abwarten und hoffte so sehr auf eine Modelleisenbahn. Nichts wünschte ich mir mehr als eine »Märklin«, zur Not tat es auch eine von der Firma »Fleischmann«. Die »H0« aus Ostdeutschland, die wollte ich nicht. Ich war sieben Jahre alt, und ich wäre so gern mit meiner eigenen Eisenbahn gefahren. Ich hätte das ganze Land durchquert, vorbei an einer Wassermühle und dem Bahnwärterhäuschen, hinein in den Tunnel und wieder heraus, es gab einen blauen See und einen gelben Bahnhof, da standen glückliche, kleine Menschen. Sie warteten auf ihre Abreise. Sie waren ungeduldig, so wie ich.

»Ach Vater, schenk mir eine Eisenbahn!«

Wenn es dunkel ist in meinem Kinderzimmer, kann ich all die kleinen Lichter, all die Warnsignale, all die Lampen und Leuchten zum Brennen bringen. Nie mehr bin ich alleine, immer wenn du unten im Geschäft bist und dich in deinem Büro verborgen hältst, in all den Nächten, an all den Samstagen, den Feiertagen, dann hätte ich meine Eisenbahn, und die fährt zu dir.

»Was willst du zum Geburtstag, mein Junge?« hatte er mich gefragt.

»Na, eine Eisenbahn«, hatte ich geantwortet.

Aber hatte er mir zugehört? Wo war er mit seinen Gedanken? Vater, hörst du mich? Machst du dir Sorgen wegen deiner Schulden? Willst du deine Frau verlassen?

Damals hatte er schon Abschied von uns genommen. Kinder spüren das. Er hatte sich aufgemacht und uns zurückgelassen. Es dauerte noch, bis er wirklich ging. Es war wie in einem Märchen der Gebrüder Grimm, aber wir hatten noch etwas Zeit.

Die Kinder liegen im Bett und wissen, dass am nächsten Tag etwas geschehen wird. Sie wissen das und haben nicht einmal gelauscht. Es gab nichts, das gesagt wurde, das man hätte hören können. Er hat mit Mutter nie gesprochen. Die Kinder liegen im Himmelbett. Der Vater kommt und sagt Gute Nacht. Dann folgt die Ankündigung: Morgen gehen wir in den Wald und holen Holz.

»Gute Nacht«, und Hänsel und Gretel wissen, dass es die letzte Nacht im Elternhaus sein wird. Sie umarmen diesen schwachen Vater, der bei ihnen Trost sucht. Sie kennen die Lügen der Erwachsenen, schlimmer noch, sie sehen deren Einsamkeit und fühlen sich schuldig.

Die Lokomotive und die Güterzüge fahren durch die Plastikwälder, vorbei an den Bahnübergängen, die sich automatisch schließen. Auf den Bahnsteigen der Bahnhöfe stehen die Väter der Väter. Sie kommen aus Russland. Kleine Plastikmenschen mit Koffern. Vater, schenk mir bitte eine Eisenbahn!

Es war schön, im Zug seinen Träumen nachzugehen. Oft musste ich hier, wenn mein Blick über die Landschaft streifte, an meinen Vater denken. So abwesend, wie ich dann war, so überraschend waren meine neuen Begegnungen. Der Zug hielt an, und Ralf stieg hinzu. Er fuhr nur eine kurze Strecke mit mir, aber er sprach viel, und ich vermute, ich habe ihm geglaubt, mit offenem Mund, und kam mir vor wie ein kleiner Junge aus dem Dorf.

Ralf hatte eine Freundin. Sie war dick, und mit ihr übte er richtig küssen. Zunge rein, umdrehen und dann die Zunge raus. Ich fand das widerlich. Jeden Morgen setzte er sich in mein Abteil, steckte sich eine Zigarette an und las mir aus geheimnisvollen Büchern vor. Es imponierte mir, und ich fragte mich, warum er das tat. Ich glaube, er prüfte sich selbst, er fragte sich, ob er später einmal Professor werden würde, aber er ist nur Prediger in einer Freikirche geworden.

Er war es, der mir ein Buch zeigte von einem Mann, der hatte lange Haare und einen schwarz-weißen Bart. Noch nie zuvor hatte ich im Hause meines Großvaters, bei Verwandten oder in der Grundschule von diesem Mann gehört. Aber ich wusste, so, wie Ralf von ihm und seinen Lehren sprach, dass er etwas zu sagen hatte. Es ging um richtige Weisheiten, etwas, worüber im Hause meines Großvaters geschwiegen wurde. Da war etwas, das mich interessierte, und ich war mir sicher, der alte Mann könnte mir behilflich sein, die Geheimnisse dieser Welt zu verstehen, wenn auch nicht zu lösen. Vor allem mein eigenes: Vater, erkläre mir die Welt.

Alles begann für mich in dieser Eisenbahn, als sie noch von Dampflokomotiven gezogen wurde. Wer im Nahverkehr fuhr, der hatte Zeit, die folgenden Irrtümer vorzubereiten:

Die Menschen haben sich bisher stets falsche Vorstellungen über sich selbst gemacht, von dem, was sie sind oder sein sollen. Nach ihren Vorstellungen von Gott, von dem Normalmenschen haben sie ihre Verhältnisse eingerichtet. Die Ausgeburten ihres Kopfes sind ihnen über den Kopf gewachsen.

Was war das für eine Sprache! Welche großen Bilder benutzte der Mann? Hatte er gewusst, wie tief er mir aus der Seele sprach? Wie gelang es ihm, die richtigen Worte zu finden? Warum musste ich an die Küche meines Großvaters denken? Ja, ich war sehr neugierig geworden.

Ralf interessierte mich irgendwann nicht mehr. Er war zu sehr in sich selbst verliebt, um ein wirklicher Freund zu werden. Aber die Bücher, die er las, die begannen mich zu interessieren.

Es roch alles nach dem Dampf, den die alten Lokomotiven verbreiteten, wenn sie in die Bahnhöfe einfuhren und uns Schüler mitnahmen. Wir waren dankbar, die Dörfer hinter uns zu lassen, wir wollten nicht in ihnen verkommen. Es lebe die Stadt! Stadtluft macht frei. Es lebe die Kleinstadt, und es lebe die Dampflokomotive!

Es lebte ein Mann in London. Der liebte seine Kinder und seine Frau und war nicht in der Lage, sie zu ernähren. Er musste jeden Tag in die Bibliothek gehen. Das würde keine Erfolgsgeschichte werden. Aber irgendetwas daran lohnte sich. Es lebe der alte Herr Karl, es lebe Väterchen Marx, dem die Kinder dahinstarben und der nicht anders konnte. Der Marxismus war angekommen in unseren Zügen, es begannen die späten sechziger Jahre des letzten Jahrhunderts.

Das Kaufhaus und die Stadt

Mein Vater handelte mit Kaffeetassen und mit Kehrbesen, mit Waschmaschinen und mit Kosmetika, er verkaufte Radios und Campingzelte, Kochtöpfe und Lederkoffer, Schallplatten und Textilien. Im zweiten Stock hatte er ein Spielzeugparadies eröffnet. Die Abteilung war bunt und laut, mehr als das, was ein Kind sich fünfzehn Jahre nach dem Krieg vorstellen konnte. Hier war das eigentliche Herz seines Kaufhauses. Hier war das Reich meiner Träume. Teddybären und Bälle, Zinnsoldaten und Panzer, Modellautos und Indianer, Indianerzelte und Kopfschmuck. Ich entführte meine Schulkameraden mitten ins Paradies. Hier staunten wir, wollten alles haben, alles verschlingen.

An schwülen Nachmittagen eilten wir fröhlich und unzähmbar durch das Kaufhaus meines Vaters. Wir versteckten uns hinter Regalen, liefen auf den Hof und sahen den großen Lastkraftwagen zu, wie sie unentwegt neue Kisten und Kartons anlieferten. Dicke Männer saßen hinter dem Steuer und rauchten. Ihre Beifahrer entluden Holzkisten und fluchten. Es erschien uns so, als sei dieser Reichtum unbegrenzt, als seien seine Rohstoffe unerschöpflich. Die Bedürfnisse der kleinen Leute aus dem Westerwald, der Kunden meines Vaters, schienen unstillbar zu sein. Er lief und rannte durch seine Geschäftsräume, er organisierte neue Waren, neue Farben, neue Illusionen, aber sie waren nie zufrieden. Wir lebten mitten im deutschen Wirtschaftswunder, wir waren wie die Maden im Speck. Doch nagte in mir ein Gefühl – das sichere Wissen, nichts weiter als der ungeliebte Sohn reicher Eltern zu sein. Bei all dem Rennen und Raufen waren wir Kinder immer auf der Flucht. Vor wem? Wovor? Wie lange würde das gut gehen? Wann hatte uns der Teufel am Wickel?

Das Reich meines Vaters glich einem großen Labyrinth. Ich war darin gefangen, zwischen all den Erwartungen meiner Mutter, zwischen der Wohnung meiner Eltern und den verschlossenen Türen unserer Großmutter väterlicherseits, zwischen dem kleinen Büro meines Vaters, in dem ein schwarzer Tresor stand, und dem Aufenthaltsraum seiner Angestellten. Wo ist Vater? Er ist in seinem Büro. Er will jetzt nicht gestört werden. Woran denkt er? An seine Finanzen, seine Angestellten, seine Verkaufsräume mit Tassen und Töpfen, Kosmetik und Büchern, an sein riesiges Warenlager voller Besen und Mülltonnen, Waschmaschinen und Kühlschränke. Macht er sich Sorgen? Immer. Auf seiner Stirn, unter seinen schwarzen Locken, waren große Falten.

Ach, es gab unzählige Treppen und Hinterhöfe, Kellergeschosse und Dachkammern, zwischen all diesen Gängen, den Fluren, den Verbindungswegen lagen geheimnisvolle Orte, verborgene Räume und dunkle Zimmer. Hier lagerten all seine Güter, Gebrauchsgegenstände, die den wirtschaftlichen Aufstieg und den deutschen Konsum der sechziger Jahre verkörperten. Durch diese Flure und über diese Treppen eilte ich mit meinen Freunden. Besonders an schwülen Nachmittagen entflohen wir der Schule, unseren Elternhäusern und fanden Unterkunft auf dem Dach der großen Lagerhalle. Im Tresor meines Vaters aber lag seine Pistole. Ich hatte sie gesehen. Sie war in einem Futteral, versteckt, geschützt, und ich wusste nicht, wofür er sie brauchte.

Es war Sommer. Wir hatten die Ziegel vom Dach genommen, waren herausgeklettert und hatten uns einen Platz gesucht, an dem uns niemand stören sollte. Hier rauchten wir unsere ersten Zigaretten der Marke HB und schossen mit einem Luftgewehr auf die Ratten und Mäuse, die sich von den Küchenabfällen des Stadthotels ernährten. Über uns war nur der Himmel, und im Himmel war der liebe Gott. Vor uns lag der Hof, der Hotel und Kino miteinander verband, und wir konnten sie sehen, die Tür, die direkt zum Filmvorführer führte. Wir wussten aber nicht, ob Gott sich mit uns verbündet hatte oder ob er uns strafen würde, wenn wir eindringen würden ins Filmgeschäft. Das stand uns noch bevor. Jetzt beobachteten wir das dicke Küchenmädchen, das regelmäßig die Küchenabfälle in den Mülltonnen verstaute, das sich immer, wenn ihr etwas herunterfiel, bücken musste, so dass wir vom Dach heimlich die Waden entlangschauen konnten. Da oben, zwischen all dem Speck, musste es sein, ihr kleines, junges Geschlecht, daran dachten wir, als wir den ersten Lungenzug nahmen und beinahe daran erstickt wären. Linda, zeig uns deine Waden.

Im späten Sommer nahm mein Vater den VW-Bus, und wir beide fuhren übers Land. Im Laderaum war eine Waschmaschine der Firma Constructa verstaut. Ich durfte neben ihm sitzen und den Schalthebel bedienen. »Jetzt«, sagte mein Vater, und da knirschte schon der dritte Gang. »Geschafft«, antwortete ich und war stolz. Ich beobachtete ihn von der Seite, wenn seine schwarzen Locken sich im Fahrtwind bewegten, wenn er leise vor sich hin fluchte über einen, der ihm die Vorfahrt nahm. Wir beide fuhren über die Berge, über die Höhen, über den schönen Westerwald. Erst kam die steile Ausfallstraße, dann schnaufte unser Bulli, und ich hatte meinen Vater ganz für mich allein. Später brausten wir durch die Dörfer und schauten den Bauersfrauen auf den Feldern zu. Sie trieben die Kühe auf die Weiden, rollten die Milchkannen zur Seite, luden Heu vom Wagen, alles während ihre Männer im Tal in den Fabriken Stahlbleche wälzten. Einmal sah ich, wie mein Vater einer jungen Bäuerin hinterherblickte. Seine Augen waren etwas zusammengekniffen, und er erinnerte mich an meine Freunde auf dem Dach. Ihm gefiel diese Frau. Als ich ihn so sah, hätte er mein älterer Bruder sein können.

Jeder Transport einer Waschmaschine war eine wunderbare Geschichte über das Leben der kleinen Leute auf dem Lande, zugleich war er für uns beide, für Vater und mich, das perfekte Alibi. Wir hatten einen Grund. Wir hatten einen Grund, fortzufahren und zu flüchten, die Geschäfte hinter uns zu lassen. Ich durfte beim Bulli die Gänge einlegen. Wir waren auf der Flucht. Es war schön, mit meinem Vater flüchten zu können. Weg vom Kaufhaus, fort von dem klingelnden Telefon und der ratternden Kasse, den aufdringlichen Kunden und der Mutter, die uns suchte. Manchmal fuhren wir eine Waschmaschine auch nur spazieren. Ein andermal erreichten wir ein Bauerngehöft, dort warteten starke Männer, und die Constructa wurde neben den alten Waschkessel gestellt. Da stand sie und musste sich behaupten.

Der Krieg lag weit zurück, und mein Vater brachte den Fortschritt ins Haus. Die Hausfrau war entlastet, und die Wirtschaft würde florieren. Oft musste ich erleben, wie die Bauern gar nicht in der Lage waren, den Kaufpreis zu zahlen. Nie kam ein lautes Wort, nie wurde mein Vater zornig, nie drohte er, das Ding wieder mitzunehmen. Es wurde geredet und verhandelt, es wurden Raten vereinbart, kleine Geldbeträge pro Monat, die später oft nicht gezahlt werden konnten. Aber mein Vater schien mit jedem Geschäft zufrieden. Er erschien mir wie ein zufriedener Mann, und er verlangte keine Zinsen. Mein Vater brachte sich um Kopf und Kragen.

Wenn es seine Zeit erlaubte, fuhren wir an den Heisterberger Weiher. Dort gab es Ruder- und Tretboote. Ich liebte das metallene Geräusch der anschlagenden Zahnradketten und ihren Widerhall im Wasser. Ich führte das Steuer, und mein Vater musste hart in die Pedale treten. Er tat es mit aller Kraft, mit dem Elan eines jungen Mannes, und ich konnte stolz auf ihn sein. Ich war der Kapitän, und er war mein Maschinist, das war die Mannschaft eines schnellen Bootes. Was brauchten wir beide mehr zu unserem Glück! Kamen wir abends zurück ins Tal, kamen wir zurück in den Lärm und die Emsigkeit des Geschäftes, war all die Mühsal wieder da. Manchmal lief uns meine aufgelöste Mutter entgegen, in ihrer Vorstellung waren wir schon Wasserleichen oder Unfallopfer. In ihren Tagträumen wurden wir aufgebahrt in der Friedhofskapelle der Stadt. Meine Mutter hatte ein großes Herz, sie hatte viel Fantasie, sie suchte nach den Katastrophen. Sie hatte ein Gespür für Schicksalsschläge. Sie roch den Braten.

Mein Vater war ein richtiger Kaufmann, und er musste sein Kaufhaus zusammenhalten, obwohl seine Mutter ihm hohe Mietkosten abnötigte und seine Frau, betört von jungen Männern und gierig nach schönen Kleidern und weiten Reisen, das Geld mit offenen Händen ausgab. Seine Kinder verschenkten währenddessen die Ladenartikel seines Kaufhauses, ohne dass er es merkte. Einmal stand er am Schaufenster und blickte hinaus, glücklich, zufrieden, so rasch hatte sich eine neue Kollektion von Cowboyhüten noch nie verkauft. Draußen auf der Straße liefen die Jungs, Zweitklässler, als kleine »Billy the Kids« herum. Ach, ich war es doch, der dich, Vater, bestohlen hatte. Ich hatte ihnen die Cowboyhüte aus dem Lager geholt und im Hof über das Tor geworfen. Ich war der Spender, der Robin Hood. Ich wollte ihre Freundschaft erwerben, ich wollte sie kaufen, ihre Herzen erobern.

Es war das einzige Mal, dass ich ihn so fassungslos gesehen habe, es war das einzige Mal, dass er sich wortlos umgedreht und mir ins Gesicht geschlagen hat. Kurz und hart, mit der offenen Hand, und ich habe Sterne gesehen und begriffen, warum es immer Sterne waren, die um die Köpfe von Micky Maus und Fix und Foxi flogen, wenn sie gegen eine Wand rannten.

Etwas an diesem Leben muss meinen Vater erdrückt

haben. Der Erfolg genügte ihm nicht, und ich war ihm nicht einmal böse. War es die Enge? War es diese kleinstädtische Gesellschaft, das Kaufhaus, in dem die Frauen regierten? Seine Mutter, die nach dem Tod des Vaters das Sagen hatte über alle Finanzen. Seine Schwester, seine Tante, denen das Haus gehörte. Meine Mutter, deren Liebe er sich nicht gewiss sein konnte. Vater, erzähl mir vom Krieg.

Aber mein Vater war still. Nur eine Bemerkung, einen Satz, den ich nicht einordnen konnte, den ich damals nicht verstand: »Es ist gut, dass wir ihn verloren haben, diesen Krieg.« Dann zog er wieder an seiner Zigarette. Das ist alles, woran ich mich erinnern kann. Mein Vater war kein Held, er hatte sich auf die Seite der Verlierer geschlagen.

Mein Vater aber war der beste Impresario dieser Stadt. Keinen besseren haben sie je gehabt und werden sie je finden. Einen größeren Entdecker von Talenten gibt es nicht. Mein Vater war Theaterdirektor, aber er hatte kein Theater. Er hatte ein Kaufhaus, und eines Tages hätte er daraus noch ein Theater gemacht, wenn er nur genügend Zeit gehabt hätte, wenn nicht diese Pistole gewesen wäre.

Im Schaufenster stand zur Weihnachtszeit ein großer, dicker Schneemann, der konnte seinen Zylinder auf- und absetzen. Ließ man aus ihm die Luft heraus, die ihn zusammenhielt, fiel er in sich zusammen. Im Winter, wenn Schnee fiel, kamen die Kinder ins Geschäft gelaufen und fragten: »Wo bleibt der August, unser Schneemann?« Sie drückten sich an der Schaufensterscheibe ihre Nasen platt. Sie mochten diesen dicken weißen Kerl.

Wenn man in das Kaufhaus meines Vaters kam, stand gleich neben der hölzernen doppelten Eingangstür eine Musikbox. Man musste nur auf einen Knopf drücken, und schon spielte eine Affenband die Evergreens der fünfziger Jahre. Das gefiel meinem Vater, aber als sein Steuerberater ihm empfahl, dafür doch jedes Mal mittels eines Geldeinwurfschlitzes wenigstens einen Groschen zu nehmen, schüttelte mein Vater verständnislos den Kopf: Für so was nimmt man doch kein Geld. Darüber sollen sich die Kinder freuen.

Der dicke weiße Clown kam im Frühjahr vorbei: Der Zirkus ist in der Stadt. Nach dem Unterricht liefen wir in die Flusswiesen. Da standen all die bunten Wagen, da grasten Kamele und Ziegen, und dunkle Männer rauchten schwarze Zigaretten. Am Nachmittag saßen wir Kinder in der ersten Reihe, Löwen und Elefanten, die junge Frau auf dem Seil und dann der dicke Clown, laut und leise, stolpern und fallen, vor nichts hatte er Angst, vor nichts und niemand. Nimm uns mit, dachten wir, nimm uns mit, wir pfeifen auf die Welt, wir pfeifen auf die Schule, wir pfeifen auf die kleine Stadt.

1959 besuchten uns die beiden Stars der Fußballweltmeisterschaft. Fritz Walter und Helmut Rahn waren im Kaufhaus zu Gast. Mein Vater hatte die beiden Männer eingeladen. Er war stolz, und die Stadt feierte mit. Alle waren Sieger, die Fußballer, das Kaufhaus und sein Chef. Seiner Mutter verkaufte er das als gelungene Werbeaktion. Kinder und erwachsene Fußballfans aus der Stadt konnten sich Autogramme holen, Luftballons wurden verteilt, Fußbälle verkauft und das Spiel »Top-Kick« war der Renner der Saison. Meine Schwester und ich saßen auf dem Schoß von Fritz Walter und grinsten wie Specknudeln. Meine schöne Mutter schenkte Sekt ein und machte blaue Augen. Die Welt war zu uns gekommen, zu uns ins Kaufhaus. Mein Vater war es, der das alles so gerichtet hatte, weil er weltsüchtig war, an der Welt wollte er trinken. Das würde man ihm niemals verzeihen, aber ich habe seinen Mut bewundert, so wie ich den Clown bewundert habe.

Vielleicht war unsere spätere Revolte in der Provinz nur der Versuch, irgendein Mittel zu finden gegen die Langeweile und die Engstirnigkeit. Mein Vater war im Krieg gewesen, aber er wollte partout kein Sieger sein. Feiern wollte er und kam doch nie aus sich heraus. Er hatte den Weltfußball in die Kleinstadt geholt, aber er hatte die Welt nicht erobern wollen.

Irgendwann hat er die Kontrolle verloren über sein Kaufhaus, über seine Bilanzen, über die Ratenzahlungen für all die Waschmaschinen, die im Westerwald auf den Dörfern vor sich hin ratterten. Das Zählen der Groschen, der Geldscheine, die Addition von Zahlenketten auf dem Papier und das Aufschreiben seiner abendlichen Geschäftseinnahmen war ihm stets eine Last gewesen. Er empfand kein Glücksgefühl im Weihnachtsgeschäft, wenn der Laden voll war und der Rubel rollte. Wenn er abends mit den Einnahmen in sein Büro stolperte, atmete er schwer, und es fehlte ihm der Ehrgeiz, die Lust am Geld, die ich von einem anderen reichen Mann kannte. Sein Name war Dagobert Duck, sein Bad im Geldspeicher war uns Jungs allen bekannt.

Die blauen Augen meiner Mutter waren nicht nur für Fußballer bestimmt. Sie liebte es, große Gesellschaften zu geben, und die jungen Theologen vom Herborner Schloss, der Evangelischen Akademie, gingen in unserer Wohnung ein und aus. Meine kluge Mutter sprach über Bilanzen und die Republik, führte anregende Gespräche über biblische Fragen, Sekt fehlte dabei nie. Beobachtete ich die jungen Vikare, kamen sie nicht gut weg. Diese Jungs waren zügellos und scharf auf meine Mutter. Das ging zu weit. Alles ging eben irgendwann zu weit in diesem Haus. Die Legenden um die blonde Frau und ihre Männer, die Geschichten über die Schulden meines Vaters. Wir Kinder hörten mit. Kinder haben feine Ohren. Manche berichteten, er habe Spielschulden, oder schlimmer, er sei sogar in einer Freimaurerloge gelandet. Ich habe das alles nicht verstanden, nur später, wenn ich in Filmen schlanke Männer und blonde Frauen in Spielsalons stehen sah, musste ich an meinen Vater denken, dem Geldmünzen und Geldscheine doch immer gleichgültig waren. Ich sah ihn mit einer Zigarette im Mund, wie er lässig das Spielgeld über den Tresen warf und einer Dame tief in die Augen blickte. Sie hieß Grace Kelly oder Audrey Hepburn. Ich konnte ihn verstehen, diesen Vater, wenn er dieses Leben der Tristesse in Herborn vorzog. Aber ich weiß nicht, ob all das nur meiner Fantasie entspringt.

Dann kam Georg Thoma, der kleine Olympiasieger von Squaw Valley, er war sein letzter Gast. Die Herborner hatten sich im »Nassauer Hof« versammelt, es gab Freibier und Würstchen, es war Herbst, und mein Vater, der den Skispringer am Bahnhof abholen wollte, kam zu spät. Meine Mutter hatte meine Schwester und mich in festliche Kleidung gesteckt. Sie trug ein weißes Hochzeitskleid und ich einen kleinen Smoking. Wir sahen aus wie ein Hochzeitspaar. Wir wirkten in der Festzeltstimmung der Herborner wie außerirdische Zwillinge. Wir haben uns immer geschämt für den Reichtum meines Vaters und die übertriebene Art meiner Mutter, uns den anderen darzustellen. Es gab kein rechtes Maß.

»Wo bleibt der Chef mit dem Skispringer?« Der Chor wurde unruhig, die Männer stampften mit den Füßen, dann ging die Tür auf und vorneweg der Vater, das Hemd aus der Hose, erleichtert, und Georg Thoma mit seiner Frau, freundliche, bescheidene Menschen. Die Blaskapelle spielte, mein Vater hielt eine Rede, und im Hintergrund drehten sich die Waschmaschinen der Marke Constructa.

Nach dem Besuch von Georg Thoma und all dem Trubel war es still um meinen Vater geworden. Er zog sich mehr und mehr in sein Büro zurück; für alles fühlte er sich verantwortlich, die große Familie, das Geschäft und die Ratenzahlungen, stundenlang muss er in seinen Bilanzen gelesen haben. Mein Vater suchte nach einer Lösung. Ich war mir sicher, er würde eine finden.

Abends bin ich über den Hof gelaufen. Ich suchte die blecherne Tür. Sie führte zu einer endlos langen Treppe. Es war dunkel. Nur eine matte Glühbirne zeigte mir den Weg. Oben eine weitere Tür, aus Holz und immer einen Spalt weit offen, dahinter stand Herr Schwalb neben einem riesigen Filmprojektor. Er war im Hauptberuf Handelsvertreter und verkaufte im Auftrag meines Vaters Waschmaschinen, Kühlschränke, Fernseher und Rasenmäher. Besonders erfolgreich war er nicht. Nachts begann sein wirkliches Leben. Als Filmvorführer war er sein eigener Herr, der Meister über surrende Maschinen, explosive Projektionslampen, Filmspulen und Zelluloid. Hunderte Meter von Filmen gingen durch seine Finger, und ich durfte ihm zusehen. Ich öffnete ihm Bierflaschen, schenkte ihm aus einer alten Thermosflasche Kaffee ein und wickelte seine Brote aus dem Papier. Manchmal, wenn er einzuschlafen drohte, zupfte ich ihn am Ärmel: »Herr Schwalb, die Spule geht zu Ende.« Dann mussten wir uns beeilen. Ich war des Nachts von zu Hause abgehauen, wenn meine Eltern auf Empfängen und Partys waren und meine kleine Schwester bereits schlief. Ich fühlte mich frei von allen familiären Verpflichtungen, schlüpfte durch die Haustür und rannte über die Straße. Ich suchte meinen Herrn Schwalb, suchte in der dunklen, trostlosen Kleinstadt das Kino und den Film.

Ein Film war in aller Munde. Darin ging es nackt zu, und ich wollte diese nackte Frau sehen, koste es, was es wolle. Durch das kleine Guckloch, durch welches das Objektiv des Projektors ragte, konnte ich sehen, was auf der Leinwand geschah. Ich sah, worüber die alle sprachen: eine Frau in einem Bett, neben ihr ein Kind. Die beiden lagen in einem Hotelzimmer, mitten in einer fremden Stadt. Ich war gespannt, aber der Film war enttäuschend. Natürlich, da gab es nackte Busen. Aber die kannte ich schon. Eine Mutter und ihr Kind. Verloren in dem Hotel in einer Kleinstadt. Das war ja meine Mutter mit ihrem Sohn! Ja, mir war, als sähe ich mich selbst: Das ist meine Mutter und das bin ich und der Film heißt »Das Schweigen«. Alles spielte in Schweden, und gesprochen wurde nur wenig.

»Weißt du«, sagte der Filmvorführer zu mir, »die übertreiben hier immer. Der Film ist harmlos. Die im Norden nehmen es nicht so genau, die sind weiter mit ihrer Moral. Nimm dich vor den Spießern hier in Acht.« Herr Schwalb war aufsässig, und stolz schaute er mich an. In der Nacht ließ es sich gut über die Spießer herziehen. Ich ging nach Hause und konnte lange nicht schlafen. Ich dachte an die blonde Frau, sie war schön und sie war weit weg. Ich hatte ihren Busen gesehen, und ich wünschte mir, wenn ich einmal groß wäre, würde meine Geliebte aussehen wie sie. Ich habe ihren Namen vergessen. Traurig machte mich aber, dass die beiden so verloren waren, diese Mutter, die immer krank war, und ihr Sohn. Der Film erinnerte mich an den Sonntag. Der Sonntagnachmittag in der Kleinstadt hatte diese Müdigkeit, die bleierne Müdigkeit, irgendetwas, das einem die Kraft nahm und einen krank werden ließ. Es war diese Stimmung, für die es keinen Namen gab, als lauerte der Tod hinter jeder Straßenecke. Aber es geschah nichts, es war das verdammte Schweigen in der Kleinstadt. Wenn ich wissen wollte, wo der Ofen war, in dem sie in der Psychiatrie die Kranken verbrannt hatten, blickte mein Opa zur Seite und tat, als hätte er nichts gehört. Lauter! Sprich lauter!

»Opa, zeig mir den Ofen. Ist er da, wo die großen Schornsteine sind?« Aber mein Großvater schweigt still. So sind wir aufgewachsen. Wann hat mein Vater aufgehört, Fragen zu stellen? Was hat er gesehen? Vater, sprich mit mir. Vater, wo bist du? Lass uns Auto fahren.

»Herbert, was ist mit dir los?« fragten die Bauern aus dem Westerwald, wenn sie ins Tal kamen. Aber mein Vater schüttelte nur schweigend den Kopf.

»Nichts, was soll schon sein.« Dann drehte er sich um und stolzierte durch sein kleines Kaufhaus, ordnete die Waren, brachte hier und da ein Preisschild an, streichelte einem der Kinder über die Wange oder belehrte seine Auszubildenden. Morgens am Frühstückstisch suchte ich seine Augen, aber er wich meinem Blick aus. Meine Schwester griff nach seiner Hand, aber er zog sie zurück. Vater, sprich mit uns. Aber Vater schweigt.

Eines Morgens ist er in sein Büro gegangen und hat den Tresor geöffnet. Er hat die geladene Pistole an sich genommen, eine Walther P4, und in den Hosenbund gesteckt. Dann ist er zurück in unsere Wohnung gegangen. Wir haben geschlafen. Er war an meiner Kinderzimmertür und hat versucht, sie zu öffnen. Ob er mich mitnehmen wollte auf seine Reise? Ich weiß es nicht, ich weiß nur, dass er ins Wohnzimmer ging. Vielleicht hat er noch einmal aus dem Fenster gesehen. Es wurde Herbst, und an diesem Tag wehte ein zarter Wind. Das Laub fiel von den Bäumen. Vater blickte noch einmal hinab auf die Hauptstraße, dann hat er geschossen, zwei Mal, mitten in sein Herz, und war tot. Kein Vogel ist im Flug tot vom Himmel gefallen, die Krähen haben nicht aufgehört zu schreien. Aber der Zeitungsträger auf der Straße hat einen kurzen Schrei gehört.

Wir hörten, wie meine Mutter durch das Haus rief. Nachbarn kamen angerannt, Verkäuferinnen aus dem Ladengeschäft, unser Kindermädchen und ihr Verlobter, genannt Herr Aloisius. Wir mussten mit den beiden in den Park, spazieren gehen. Raus aus dem Haus, raus aus der Wohnung, wo der Tote lag, wo es nach Blut roch. Da sollten keine Kinder sein. Niemand sprach mit uns, niemand erklärte uns das Unerklärliche und was geschehen war, darüber hörten wir Gerüchte. Der Tod löst Gier bei den Erwachsenen aus. Sie wollen etwas festhalten von dem, was sie Leben nennen. Herr Aloisius griff unserem Kindermädchen an die Brust. Er suchte Halt. Er wollte Sex, als wäre es das letzte Mal.

So kam die Scham zu uns Kindern, wir suchten nach Kastanien und mussten lauthals kichern über den geilen, alten Mann und seine schüchterne Frau, die unser Kindermädchen war.

»Euer Vater hat einen Herzschlag erlitten«, sagte meine Mutter, als wir nach Hause kamen, und wir wussten, dass sie wieder einmal log. Kindern kann man im Angesicht des Todes nichts vormachen.

Mutter war alles zu viel, die Erbschaft, das Geschäft, die Angestellten, vor allem die fordernden Verwandten. Mutter sollte es richten, die Schulden tilgen, sich der gierigen Männer erwehren, uns Kinder schützen ... Aber es entglitt ihr alles. Sie tyrannisierte die Ladenmädchen, ließ sich mit untreuen Familienvätern ein, verband sich mit eifrigen und falschen Geschäftsmännern, sie versuchte die Rechnungen zu bezahlen, sie stand an der Kasse und hielt sich am Tresen fest, übte sich darin, die Haltung einer Geschäftsfrau einzunehmen, und war und blieb doch nur ein Lehrerkind vom Lande. Sie fand keinen Halt, der Niedergang unseres Hauses, der Abstieg der Familie, der Verfall des Wohlstands fanden auf offener Bühne statt. Man spürte den Hass der Kleinstädter, die Schadenfreude stand ihnen ins Gesicht geschrieben. Es war nur noch eine Frage der Zeit, bis das Imperium meines Vaters, der selbst nur ein Aufsteiger war, zerfallen würde. Ja, auch reichen Leuten konnte Böses widerfahren. Retter tauchten auf, vom Gericht eingesetzte Vergleichsverwalter und Konkursvollstrecker, die sich bereicherten, in die Kasse griffen, nachts Waschmaschinen in ihre Lager abtransportieren ließen. Man tat sich gütlich an der Frau und den Kindern des glücklosen Kaufmanns. Niemand war da, nur die, die wegschauten. Niemand nahm uns an die Hand. Wo waren die freundlichen Bauern aus dem Westerwald? Über den Verkaufsräumen lag der Geruch des Todes. Die Kosmetikartikel und die Kochtöpfe, die Besen und Pfannen, die Waschmaschinen und Kühlschränke waren überzogen mit der Patina der Verwesung.

Dann war alles leer, geräumt das Kaufhaus, leergefegt das Kellergewölbe und enteignet die Lagerhallen, bestohlen von subalternen Gerichtsdienern und Helfershelfern, irgendwelchen Gläubigern oder kleinstädtischen Kriminellen. Dann kam der Gerichtsvollzieher und ließ unsere Wohnung räumen. Starke Männer nahmen die Bilder von der Wand, das Klavier wurde versteigert, die Möbel die Treppe hinuntergeschmissen. Da waren wir drei, die verzweifelte Mutter, Brüderchen und Schwesterchen. Vater war im Zauberwald und suchte Holz, dabei war ihm das Einhorn begegnet und hatte ihn mitgenommen.

Wir hausten noch ein paar Monate in der heruntergekommen Wohnung. Dann wurde John F. Kennedy ermordet. In unserem alten Fernsehapparat, der uns verblieben war, konnten wir die Straßen von Dallas sehen. Als wiederholte sich Vaters Tat vom Oktober des Jahres 1962. Niemand wusste, wer die Täter waren. Kann ein Mann sich wirklich zwei Mal ins eigene Herz schießen? War Harvey Oswald wirklich allein gewesen, als er auf John geschossen hatte? Wo waren die nächtlichen Besucher? Ich wusste jetzt, dass John und mein Vater Brüder im Geiste waren. Die Blutspur führte durch die Stadt, die Täter kannten keine Grenzen, und die Gesichter, die wir hinter den Gardinen sahen, hatten alle das gleiche Profil. Es war ein klassisches Täterprofil, die Gesichter der Hintermänner von Dallas. Die Geheimnisse meines Vaters lagen immer noch in seinem alten Tresor. Der stand in seinem leeren Büro, aber ich kam nicht ran. Gern hätte ich gewusst, was er dort alles versteckt hatte. Warum hatte er mich alleingelassen? Hatten John und er wirklich keine Chance gegen die Rüstungsindustrie und ihre gewalttätigen Mütter gehabt?

Die Straßen von Dallas und die Hauptstraße von Herborn markierten den gleichen Weg in die Hölle. Aber Mutter hat im Gegensatz zu Jackie Kennedy nie einen Reeder gefunden, der sie verehrt, nicht einmal einen Spediteur, der sie geheiratet hätte. Sie hat sich nach dem Tod des Vaters allen möglichen Männern an den Hals geworfen, und meine Schwester und ich haben uns in der Stadt und auf der Straße oft dafür geschämt.

Eines Tages besuchte uns in der Wohnung ein Mann, der fuhr einen großen Mercedes mit Verdeck. Mutter hatte ihn durch eine Anzeige kennengelernt. Liebevoll begrüßte er sie, freundlich beschenkte er uns Kinder. Ein Mann aus der großen Welt. Er wusste sich zu benehmen, griff Mutter weder ans Hinterteil noch an den Busen. Wir fuhren in den Urlaub und genossen den Luxus des guten Geschmacks. Wie früher bezogen wir Hotelzimmer, und nette Zimmermädchen streichelten uns über das Haar. Wir frühstückten auf der Sonnenterrasse, und silbern glänzte der Vierwaldstättersee. Vico Torriani und Peter Alexander trällerten fröhliche Lieder vom Balkon. Bill, unser Urlaubsvater, rauchte Pfeife, und Mutter war glücklich. Alles wird gut, dachten wir, Vater ist zurück. Wie stiegen auf die Berge und bekamen beim Bauern frische Milch. Taten uns die Füße weh, trug uns Bill über die Alm. Abends auf dem Balkon spielten wir Monopoly. Nach zwei Wochen mussten wir wieder nach Hause. Hätten wir nicht bleiben können – frische Bettlaken und frohe Gesichter?

»Onkel Bill muss wieder arbeiten«, sagte Mutter, und das leuchtete ein. Das kannten wir. Arbeit muss sein. Vater muss arbeiten, um uns ein gutes Leben zu bieten. Dann war Bill verschwunden. Er kam einige Tage später unverhofft bei uns vorbei. Er brachte mir ein Schiff mit. Stundenlang klebten und schnitten wir herum, bohrten und lackierten am Schiffsrumpf. Irgendwann sollte es ferngesteuert mit einem kleinen Motor auf dem Fluss fahren. Bill war geduldig, und ich lernte, mit der Hand umzugehen, Handwerk. Dann musste er gehen. Er streichelte mir über den Kopf, ich hatte einen Kloß im Hals. Ich konnte nicht mehr schlucken, und salzige Tränen stiegen auf. Das Schiff haben wir nie zu Ende gebaut.

Einige Wochen später wurden wir aus dem Schlaf gerissen. Mutter war aufgeregt und unbeherrscht. Meine Schwester war verschüchtert.

Kriminalbeamte liefen durch unser Schlafzimmer und tuschelten. Mutter erzählte uns, dass Onkel Bill ein Schwindler sei, ein Heiratsschwindler, einer, der anderen Frauen die Ehe verspricht und ihnen das Geld aus der Tasche zieht.

»Hat er uns betrogen?«

»Nein, uns nicht, aber andere Frauen ...«

Na dann, dachte ich, dann ist ja alles gut. Selbst wenn er ein Betrüger ist, zu mir war er immer gut. Meine Liebe zu ihm war groß, und es war doch toll, einen richtigen Betrüger zu kennen. Er sollte wiederkommen, das Boot war noch nicht fertig. Wir Kinder mochten ihn. Aber was wollten die Polizisten in dieser Nacht bei uns?

»Wir werden ihm eine Falle stellen, diesem Ottokar«, sagte der dicke Zivilpolizist im Ledermantel. Ottokar. Ja, sein wirklicher Name war nicht Bill, sondern Ottokar Kindermann. Das klang weniger romantisch, aber wir Kinder hielten zu ihm.

»Wir werden ihm eine Falle stellen«, wiederholte der Sherlock Holmes im Gestapo-Mantel.

»Nein, Mutter, tu es nicht!« Aber sie hörte nicht auf uns, und als das Telefon klingelte und Onkel Bill am anderen Ende der Leitung war, verabredete sie sich mit ihm. Ich wollte schreien, nein, komm nicht, aber der Zivilpolizist hielt mir den Mund zu. So haben wir Bill verloren. Es war wie ein kleiner Tod, so als wäre unser Vater ein zweites Mal gestorben.

Diese Lügenwelt ekelte uns an. Mutter war auch nicht besser. Vielleicht hatte sie Angst vor diesem Gestapo-Polizisten mit seinem Scheißmantel und vor unserem Opa. Aber das entschuldigte sie nicht, manchmal muss man sich für einen Menschen entscheiden. Wir hatten uns für Bill entschieden. Wir wollten mit dieser Welt nichts mehr zu tun haben. Meine kleine Schwester und ich erinnerten uns an die Abendempfänge mit den Theologiestudenten, wir sahen noch einmal ihre geilen Blicke, wenn sie mittags an unserem Tisch saßen und unserer Mutter zwischen die Schenkel fassten, während Vater die Suppe löffelte. Bill war anders. Wir hatten gehofft, ja geglaubt, es müsste alles anders werden, radikal anders werden. Nun würden wir dieser Welt kein Vertrauen mehr schenken. So wurden wir zu Verrätern, ohne zu wissen, was das wirklich war. Irgendwann im Leben muss man sich entscheiden. Die Welt hatte uns Kinder alleingelassen.

Es ist Nacht, und wir haben unser Abendgebet gesprochen: Ich bin klein, mein Herz ist rein, soll niemand drin wohnen als Jesus allein. Mein Gott, warum hast du uns verlassen. Wir hatten mit dieser Gesellschaft nichts mehr am Hut. Wir würden uns eine bessere Welt suchen.

Als sie Mutter eingeliefert hatten, fuhren wir mit meiner Tante übers Land. Nach langen Stunden auf der Landstraße sahen wir die hohen Mauern.

»Das ist das Kloster, die Klapse«, flüsterte ich meiner Schwester zu. Grau war der Putz, grau waren die Menschen, düstere Landschaft, gedüngte Äcker. Ärzte liefen in weißen Kitteln durch dunkle Landschaften. Kein Gruß, keine Zeit, kein Gespräch. So sah die Hölle aus. Mutter saß am Fenster und strickte.

»Sie macht Handarbeiten«, erklärte meine Tante, »das tut ihr gut.«

Erkannte sie uns überhaupt? War sie noch bei Sinnen? Sie war abwesend, sie war nicht wirklich ansprechbar, sie war nicht auf dieser Welt, sie saß auf dem Mond.

»Was haben Sie ihr gegeben?« fragte meine Tante.

»Medikamente«, war die Antwort eines dicken Pflegers. Wir schauten auf Mutters zarte Hände. Damit hatte sie uns gestreichelt, als wir noch klein waren.

»Mutter, wie geht es dir?« Sie begann zu weinen.

Wenn Mutter schrie und nach Hause wollte, wickelten die Pfleger sie in kalte Betttücher. Ich habe die Bäder im Krankenhaus gesehen. Ich stellte mir vor, wie sie diese stolze Frau unter den Armen greifen und wegschleppen, wie sie in das Badezimmer gebracht und ausgezogen wird, wie einer loseilt und kalte, wassergetränkte Leinentücher holt, wie sie entkleidet wird und wimmert.

Auf dem Heimweg waren wir still und schämten uns. Wir hatten kein Gelobtes Land gesehen. Wenn wir Abschied nahmen von unserer Mutter, wenn es dunkel wurde in den Zimmern, wenn sie uns ihre Näharbeiten ein letztes Mal zeigte, dann war sie wie all die anderen Mütter. Ach, manchmal hatten wir einfach nur Sehnsucht nach einem normalen Leben. Aber unsere Besuchszeit war bereits vorüber.

»Machs gut, Mama. Es ist Zeit, nach Hause zu gehen.«

»Nach Hause?« fragte sie. »Wo ist das?«

Meine Tante fuhr los. Sie gab heftig Gas, und der Ford 12 M holperte in unser Dorf. Hinter uns lag das alte Kloster, und die fetten Pfleger fielen über unsere Mutter her. Die Sonne ging unter. Sie schien doch nicht ohne Unterlass.

Es ist dunkel. Weit weg von uns, mitten im Krieg, lebt ein

kleiner alter Mann, der war einmal Tellerwäscher und wurde nie ein Millionär. Er war auch ein Verräter, so wie wir, er hatte ein fröhliches Lachen auf dem Gesicht und schrieb kleine Gedichte. Er dachte an all die Kinder auf der Welt, denen Unrecht geschehen war. Er war aber nicht der Nikolaus und auch nicht der heilige Martin. Er musste nach ganzen Lösungen suchen. Ob er an uns dachte? Ob er uns kannte? Ob er ein Fernrohr hatte, mit dem er nach uns Ausschau hielt? Er war schon da, bevor Herr Piff Paff die Post von Radio Peking bei mir zu Hause vorbeibringen würde. Er war schon immer da.

II. MARX GESPENSTER

Die Gruppe

Es war Frühling, und ich fuhr mit der Eisenbahn von meinem Dorf in das Gymnasium der Kreisstadt. Es war Frühling, wir rauchten eine Zigarette nach der anderen und lasen die »Bravo«, wir kauten Kaugummi und versuchten, Albert Camus zu verstehen. Einer von uns hatte diesen Bildband mitgebracht. Es waren grauenhafte Bilder von zerstörten Häusern und niedergerissenen Hütten, wir sahen brennende Reisfelder und verbrannte Kinder. Es war im Frühling 1968, die Amerikaner hatten ihre Offensive gegen das kleine asiatische Land Vietnam verstärkt. Radio Peking vermeldete, dass amerikanische Bomber des Typs B-52 Brandbomben auf Vietnam abwarfen, die Napalm enthielten. Eine klebrige, unlöschbare Masse an Feuer, ein Gel, das an den Körpern klebte und die getroffenen Menschen, Soldaten, alte Leute, Frauen, Kinder, Säuglinge, zu brennenden Fackeln werden ließ. Der amerikanische Präsident, der diesen Krieg befehligte, hieß Lyndon B. Johnson. Er hatte John F. Kennedy beerbt.

Die Jungs im Bahnabteil hörten auf zu rauchen, und die Mädchen warfen ihre Kosmetika in die Ecke. Der Krieg aus Vietnam war angekommen in unserem Zugabteil, in unseren Köpfen und in unseren Herzen. Es war sehr still in dem Zweite-Klasse-Abteil auf dem Weg ins Städtische Gymnasium. Wir verstanden zu wenig von der Welt, wir liebten John F. Kennedy, aber die Bilder ließen sich nicht mehr löschen. Wer war Amerika? Was wollte

Amerika? Wir waren ratlos, eines aber war sicher: Der Kreidegeruch unseres Provinzgymnasiums war unerträglich geworden, etwas musste geschehen. Wie fängt man einen Aufstand an?

Wir trafen uns in der Waldhütte vom alten Becker, einem kleinen Wochenendhaus in einem Tal nahe unserem Dorf. »Morgen in der Nacht beim alten Becker!« Es sprach sich herum. Ein Leben gegen den Krieg, ein Treffen gegen die Nazis, eine Versammlung gegen unsere Eltern, die Bundeswehronkels, die Großväter und gegen die CDU. War die SPD besser? Egal. Wir waren gegen das Establishment, gegen all die satten Schweiger, gegen das unerträgliche Schweigen.

Die Dorfmädels und die Dorfbuben, die eine konspirative Bewegung gründen wollten, liefen mit Taschenlampen durch den Wald. Wir schleppten Apfelwein, Cola und Würstchen herbei und Bücher des Suhrkamp Verlags mit uns herum. In der Waldhütte vom alten Becker, dem Vater von Leo, trafen sich Ausgestoßene und solche, die es ernsthaft werden wollten. Keiner hatte uns belehrt, keiner erzählt von Che Guevara oder von Ho Chi Minh oder von der ermordeten Rosa Luxemburg. Hier gab es niemanden. Wir hatten alles selbst entdeckt. Wir haben danach gesucht auf dieser gottverlassenen Welt, wer uns ein Vorbild werden könnte. Keine Guerilla war in den Wald aufgebrochen, keine Volkskommissare hatten uns besucht. Wir selbst hatten Che und Rosa und auch nur für uns selbst entdeckt. Rosa und Che lebten schon nicht mehr und Ho Chi Minh, der kleine Präsident von Nordvietnam, so hieß es, hatte sich als Präsident geweigert, in den Kolonialpalast zu ziehen. Ho Chi Minh, so hatte einer erzählt, schrieb wunderschöne Gedichte in der Nacht.

»Ho ist einer von uns«, sagte ein junges langhaariges Mädel, und die anderen stimmten ihr zu. Es war Frühling. So weit weg waren Vietnam und der amerikanische Präsident.

»Aber die Amis sind auch hier!« rief einer.

»Na und?« war die Antwort.

»Denen rücken wir auf die Pelle.«

»Wir ziehen vor die Kasernen.«

»Wir gründen eine Gruppe.«

»Becker-Gruppe.«

»Mittwochsgruppe.«

»Wir gründen die Gruppe Ho Chi Minh.«

»Wir treffen uns jede Woche. Wir lesen zusammen Karl Marx. Wir nehmen Kontakt auf zu allen Revolutionären. Wir bleiben zusammen. Wir hauen den Yankees auf die Fresse.«

Es wurde geraucht und gelacht, es wurde getrunken und diskutiert. Wir hörten Rockmusik und Pete Seeger, die »Stones«, die die Straßenkämpfe beflügeln würden, wenn sie erst einmal kämen, auch die Beatles, die uns »Revolution Number 9« brachten. Musik hören und Flugblätter schreiben, Haschisch rauchen und den schönen Genossinnen zusehen. Abhauen von zu Hause und Spaghetti kochen.

Der Abend kam, aber wir wollten nicht auseinandergehen. Einige Jungs fingen im nahen Fischteich Forellen mit der Hand, einige Mädels machten Feuer. Wir waren eine Indianerkommune, es war eine friedliche Welt in der Waldhütte vom alten Becker. Draußen aber tobte der Krieg.

Leo – er war schon sechzehn Jahre alt und bei den Pfadfindern unser Führer gewesen, Chef vom Stamme Puma, ein großer und schlanker Junge – verliebte sich an diesem Abend in der Waldhütte in Ursel. Ursel hatte einen kleinen Leberfleck über der Lippe. Sie sah aus wie Madame Pompadour. Madame Pompadour war wiederauferstanden und mitten unter uns linke Jungs geraten.

Sie hatte lange braune Haare und einen vollen Mund. Leo durfte sie küssen. Wir anderen nicht.

Das Wochenende ging zu Ende, und wir waren die Gruppe Ho Chi Minh, waren Freunde, waren Kämpfer, die einer Sache dienten, einer guten Idee. Groß war unsere Sehnsucht nach Einheit und Harmonie. Für alle war Platz in unserer Gruppe. Wir kamen vom Dorf, und da hält man zusammen, besonders wenn die Bullen kommen. Das galt für die Kirmes und für die Revolution.

Wir waren die Helden einer hessischen Kleinstadt, aber Frankfurt war das Zentrum der Welt. Frankfurt war der Zoo, wohin wir als Schüler der Unterstufe immer gefahren waren. Frankfurt war die Stadt der Banken, die Stadt der Universität, Frankfurt, das waren die Stadtteile, in denen es richtige Kommunen gab. Frankfurt hatte ein linkes Viertel, das lag im Westend, mehr wussten wir nicht. Aber das änderte sich. Wer Frankfurt kannte, der kannte die Welt. Wer in Frankfurt überlebte, der überlebte auch in New York oder Tokio und vielleicht auch in den bolivianischen Bergen und sogar in Saigon.

Frankfurt sollte auch die Stadt der Philosophen sein, aber was hatten die Philosophen mit Ho Chi Minh zu tun?

»Blödmann«, sagte Leo, »wer Marxist ist, der ist automatisch Philosoph.« Das gefiel mir gut.

Mutter hatte die Klapse verlassen und war in einem Hotel untergekommen. Zwei Autostunden von unserer Kleinstadt entfernt arbeitete sie als Zimmermädchen im »Hotel Diana«. Sie war abgehauen aus der Psychiatrie, aber das konnte ich meinen Freunden von der Sozialistischen Schülergruppe nicht erzählen. Links sein heißt schamhaft sein. Meine Mutter kam aus einer anderen Welt, sie war dem Kaufhaus und den Irrenhäusern, den jungen Vikaren und dem Tod meines Vaters entflohen. Hier lebte sie unter dem Dach, und aus ihrem alten Zuhause war ein acht Quadratmeter großer Verschlag geworden. In den Pausen zwischen den Gefechten flüchtete ich zu ihr, und sie gab mir ihr Trinkgeld, wofür ich mir Brötchen und Kakao kaufte und »Lucky Strike«, die ich rauchte, denn ich wollte etwas Besonderes sein.

Ich war, so oft es ging, in dieser Stadt unterwegs. Keiner erkannte mich, man sprang in die U-Bahn, ging über den Campus der Universität, überall lagen Flugblätter, es gab billige Cafés, und die Frauen schwebten über den Asphalt. Ich hätte mich so gern verliebt, aber ich wusste nichts von der Liebe, spürte nur den Mangel, dass sie fehlte, dass mir etwas fehlte.

»Mutter, mach dir keine Sorgen. Ich habe immer einen Platz zum Schlafen.« Aber was war das für ein Platz! Im Keller eines Studentenheims lag ich unter der Treppe und hatte mir eine alte Decke besorgt. Nachts tauchte Charly auf, ein Obdachloser, schob meinen Arsch etwas zur Seite und legte sich neben mich. Charly war ein Kumpel, aber er roch wie eine Müllhalde, und wenn er die Decke anhob, konnte ich die Duftschwaden, die seinem Körper entwichen, förmlich sehen. Da lagen wir einträchtig mehrere Nächte beieinander und stanken vor uns hin, als wären wir schon immer Brüder gewesen.

Ich war ein paar Tage in der Stadt, wir hatten Pfingstferien, und Leo und Tom waren mit einer alten Ente nach Frankfurt gekommen.

Tom war jetzt der Dritte im Bunde. Ich hatte ihn kennengelernt, als ich von einer Anti-Nazi-Demo kam und es mir gerade auf einer Holzbank im Gastraum des Republikanischen Clubs gemütlich machte, wo wir untergebracht waren. Schlafsäcke gab es nicht. Decken waren auch keine da, nur unsere eigenen Jacken hatten wir, um uns zuzudecken. Da legte sich einer neben mich. Besser gesagt, er legte seinen Kopf neben mein Gesicht, oder noch besser, er schob mir seine fettigen Haare in den Mund. Alles war voller Pomade und Fett. Ich weiß bis heute nicht, ob er ein Gel verwendete oder nur ungepflegt war. Er redete unentwegt, er las Marx, und es hieß, er würde immer noch mit seiner Mutter einkaufen gehen. Eines stand fest, Tom war ein Kenner der Revolution, ein Aufklärer, einer, der unentwegt versucht, hinter die Geheimnisse dieser Welt zu kommen. Mich hatte er überzeugt, ich wusste nur noch nicht, wovon.

Nun trafen wir uns in Frankfurt im Volksbildungsheim, um Hans-Jürgen Krahl zu hören.

Es war dunkel im Theater am Turm, es roch nach »Schwarzem Krausen« und auch nach Shit. Ich sah die schönen Frauen mit ihren langen Haaren und ihren wehenden Kleidern, junge Männer, die aussahen wie Che Guevara. Musik kam aus den Lautsprechern, die Stones spielten einen harten Rock. Ein Student rief durch den Saal, ein anderer stolperte über die Bühne. Dann kam Krahl, ein junger Mann mit Brille, vierundzwanzig Jahre alt. Er studierte bei Adorno, hatte man uns gesagt, er hatte richtige Aufsätze veröffentlicht und sollte, so raunte man, Hegel-Kenner sein. Es war, als verbärge er hinter der Brille eines Philosophieprofessors ein Kindergesicht. Er trank Unmengen Bier und sah einsam aus, sang Lieder von Heintje, schreckliche Schnulzen, die Spucke tropfte ihm aus dem Mund. Die schönen Frauen aus dem SDS suchten sich die schönen Männer aus dem SDS. Wir waren nur Zuschauer. Aber so klug sprechen und so viel lesen wie Krahl, das wollten wir auch. Das waren wir Ho Chi Minh schuldig. Ich fand, Krahl war Tom ähnlich, fettige Haare, die Flasche Bier in der Hand, schmerzverzerrtes Gesicht, als suchte er täglich nach den Übeln der Welt, und eine nuschelnde Aussprache. Aber man hörte auf ihn, er entwickelte Ideen, noch während er sprach. Ein Junge, der Marx und Hegel gelesen hatte und der Freddy Quinn nicht vergessen konnte: Junge, komm bald wieder. Dann kam sein Aufruf, jetzt, heute noch die Stadt einzufärben mit den Farben und den Parolen der Revolution. Aber was hieß das? Wir treffen uns vor der Alten Oper! Verdammt, wo war die Oper? Wir waren doch noch nie in der Oper gewesen.

Die Versammlung löste sich auf, alle liefen durcheinander. »Bildet kleine Gruppen!« rief Krahl durch das Mikrofon. »Merkt euch die Gesichter!«

Leo, Tom und ich standen da, kannten keinen und schämten uns. Das würden wir in unserer Stadt niemandem erzählen. Wir waren die Schüler der Revolution, und keiner nahm sich unserer an. Aus der siebten Reihe hinten links schlugen wir uns durch. Wo gab es Sprühdosen? Leo fiel eine Tankstelle in der Nähe ein. Wir vermuteten, Sprühdosen seien ausverkauft, aber das gesamte Sortiment des Farbspektrums stand uns zur Verfügung. Entweder hatte der Tankstellenpächter mit Krahls Aufruf gerechnet, oder die Genossinnen und Genossen hatten sich schon lange vorher verpflegt. Wir kauften drei Dosen zum Sonderpreis und liefen in die Stadt. Es war noch hell, und überall waren Polizisten, Blaulicht, Martinshörner, Wasserwerfer. Vermummte junge Frauen und Männer liefen an uns vorbei, man sah sich an, grinste, gehörte zusammen. Wir waren unter den vielen Menschen und blieben doch unter uns. Leo war sich plötzlich sicher, dass wir verfolgt wurden, und Tom suchte nach Wänden, auf die zu sprühen sich lohnen würde. »Zum Amerika-Haus«, rief uns eine junge Frau zu, und wir folgten ihr. Als wir nach einem 10-Minuten-Sprint ankamen, da, wo ich das Amerikahaus vermutete, standen »Aktionisten« wie wir und noch viel mehr Polizisten herum. Wir liefen weiter durch die Stadt und irrten ziellos durch die Parkanlagen. Tom murrte über die Kälte. Er war immer zu dünn angezogen. Ich mummelte mich in meinen gebrauchten Parka.

Schließlich standen wir vor dem türkischen Konsulat. Keine Polizisten ließen sich blicken, und kein anderer war bis jetzt auf die Idee gekommen, hier zu sprühen. Das war unsere Chance. Aber was wollten wir dem türkischen Staat vorwerfen? Was lasteten wir den Türken an? Waren nicht all diese dünnen Männer aus Anatolien, die in unseren Baracken lebten, bemitleidenswerte Gestalten? »Die haben die Armenier umgebracht!« Das war Tom, und als hätten wir alle Zeit der Welt, erteilte er uns Nachhilfeunterricht über den Todesmarsch des armenischen Volkes. Tom hatte den Roman von Franz Werfel gelesen. Also liefen wir über die Straße, Deckel ab und sprühten: RACHE FÜR ARMENIEN!!! Dann sahen wir, wie zwei Männer auf uns zuliefen und über die Straße schrien: »Halt, halt Polizei … bleiben Sie sofort stehen!« Es waren Zivilbeamte. Staatsschutz, was anderes kam nicht infrage. Mir rutschte das Herz in die Hose, ich griff nach meinem Schülerausweis, den ich einstecken hatte – einen Personalausweis besaß ich noch nicht. Und dann rannten wir, was das Zeug hielt, und bogen in die Bockenheimer Anlage ein. Die Beamten waren uns dicht auf den Fersen, und ich überlegte während des Laufens, welche Notlüge ich meinem Großvater auftischen würde, wenn ich in Frankfurt im Gefängnis saß. Tom wollte alles riskieren, sprang gegen die Tür eines Mietshauses und versteckte sich in einem Flur. Leo und ich rannten weiter, schneller, wir hatten noch nicht verloren, schlugen einen Haken, bogen noch einmal in eine andere Seitenstraße ein – und es geschah ein Wunder.

Atemlos rannten wir über das Pflaster, als plötzlich die hintere Tür eines geparkten Renaults R4 aufging und eine junge, hübsche Frau uns hineinwinkte. Sie legte einen Mantel über uns, startete den Motor und fuhr los. Die Polizeibeamten bemerkten uns nicht und liefen vorbei. So muss es Pinocchio ergangen sein, als er die gute Fee traf. Unsere Fee war aber schon ziemlich alt. Wir schätzten sie auf Ende zwanzig. Sie hatte lange schwarze Haare, ein schmales Gesicht und zarte Hände. Ich erinnere mich an ihre Hände, denn sie streichelte mir über die Wange, mütterlich. Vor allem hatte sie ein Parfüm, das ich nie vergessen werde. Der Mantel, unter dem ich mich versteckt hatte, roch nach Sandelholz. So musste es in Indien oder in Tibet riechen. Sie drehte einige Runden um die Häuserblocks, hielt ein paar Straßen weiter an, gab uns etwas zu trinken und ließ uns noch eine Weile ausruhen. Nachdem wir ausgestiegen waren, wünschte sie uns viel Glück und fuhr davon. Ich habe in all den Jahren immer nach unserer Fee Ausschau gehalten, aber sie blieb verschwunden.

Leo und ich irrten auf der Suche nach Tom noch ein, zwei Stunden durch die Straßen dieser großen Stadt und überlegten, wo wir die Nacht verbringen sollten.

So lebten wir glücklich.

Bevor die amerikanische Esskultur, die Pommes frites, Hot Dogs und die im Stehen verschlungenen Hamburger meine Kindheitsstätten erreichten, gab es in unserer Kleinstadt diese Eisdiele.

Von Zeit zu Zeit, unausrottbar, tauchte ein Gerücht auf. Eine halbe Schulklasse sei erkrankt nach dem Genuss von italienischem Eis aus ebendieser, der einzigen Eisdiele am Ort. Hier war es, wo wir uns trafen, wo wir träumten von Hamburg und Berlin, von New York und von Peking. Jeden Tag erneuerten wir hier unser Bündnis. Wir bestellten Cappuccino oder Espresso. Wir versammelten uns in den kühlen Räumen, redeten uns die Köpfe heiß und wagten erste Annäherungen, erste Berührungen unter den kleinen, instabilen Tischen, eine italienische Liebeslaube auf kalten Steinfliesen. Im Winter war alles vorbei. Die Italiener packten ihre Koffer. Die Eiskübel und Milchrührgeräte wurden geputzt, die Theke vom Eise befreit. Bis ins späte Frühjahr hinein wurde unsere Eisdiele entweiht, ein Teppich- und Kunststoffbodenbelagsgeschäft stellte Plastikborsten aus. Wir fühlten uns einsam. Wie gern hätten auch wir unsere Koffer gepackt und wären dem Italiener gefolgt in das unwegsame Sizilien, hätten uns eingemischt in die Auseinandersetzungen um Mafia und Camorra, hätten Aufnahme gefunden bei einem einsam lebenden Hirten.

Als sie wiederkamen, die Italiener, von da unten aus dem Süden, hatten sie Pamela mitgebracht. Pamela stand hinter der Theke, und ich erinnere mich an unsere verschämten Blicke auf den Boden, wenn sie die Bestellungen aufnahm oder an der Espressomaschine den Kaffeesatz auswechselte und sich dabei wie eine Aristokratin ihres Hofstaates vergewisserte. Pamela roch nach Thymian, nach dem ölverseuchten Hafen von Genua, nach sardischen Schafherden, nach geweihräucherten Kathedralen, nach Eismilchpulver und nach Frau.

Über Pamela sprachen wir nicht, jedes Gespräch über sie hätte sie entweiht, hätte uns getrennt. Von Pamela träumten wir, von ihren vanilleeisweißen Händen, von ihrer kräftigen Stimme, die es mit dem Gesang jedes Gondoliere hätte aufnehmen können, und ganz bestimmt träumten wir von ihrem kleinen, festen Busen. Gewiss wären wir all die Jahre so sitzen geblieben vor einem kleinen Schokoladeneis mit Sahne, hätte sie uns nicht verächtlich eine Zeitung zugeworfen.

»Lotta Continua« – der Kampf geht weiter –, eine Originalzeitung der italienischen Linken. Das war eine eindeutige Aufforderung. Pamela wollte Aktionen, sie wollte uns in Aktion sehen, sie wollte keine sentimentalen Abhänger, keine melancholischen Oberschüler. Pamela wollte mehr, und das wollten wir doch auch.

Wir werden eine eigene Zeitung machen! Wir werden unserer Kleinstadt zeigen, wer die Wahrheit sagt! Pamela wird stolz auf uns sein. Wir werden schreiben, und diese Zeitung wird Zentrum unseres Widerstands sein. Wir werden Artikel verfassen, Bilder malen, wir werden selber drucken, wir werden sie im ganzen Landkreis verteilen. Eine eigene Zeitung, unabhängig von allen, von den Großmäulern des SDS in Frankfurt und Berlin und unabhängig vom US-Imperialismus sowieso. Niemand wird uns zensieren können, keine Eltern und keine Rektoren. Wir werden von Che Guevara berichten, von Sex und Drogen, den Stones. Wir werden die örtlichen Unterdrücker beim Namen nennen. Wir werden eine autonome Räterepublik errichten. Wir werden die Revolution auf dem Lande machen: »Räterepublik Dillkreis«. Wir werden unsere Fahne hissen!

Aber eines nach dem andern. Jetzt ging es um die »Rote Schülerfaust«, und wir mussten Mitstreiter gewinnen.

Einen großen Fehler begeht der, der nicht vom Volk lernt. Wir folgten Ho Chi Minhs Worten.

Sam war Lehrling und in einem Eisenwarenhandelsgeschäft beschäftigt, es kamen Gösta und Kalle dazu, beide hatten irgendwann das Gymnasium abgebrochen, machten jetzt eine Druckerlehre, verdienten schon Geld und hatten ein eigenes Auto, einen MG aus Schweden. Vor allem hatten sie viel Erfahrung mit Frauen, hieß es. Wir waren in Sorge, dass uns die drei Proletarier die wenigen Frauen wegschnappten, die zur Bewegung gehörten.

Und dann war da Edgar, Schüler wie ich, der in Herborn wohnte. Wir trafen uns nach der Schule in seinem Keller, wo wir leise sein mussten, denn unberechenbar wie sie war, tauchte plötzlich seine Mutter auf. Sie war dick und unansehnlich, kam aus der hintersten Provinz, aus dem tiefen Westerwald, und schrie uns an, wir sollten uns waschen. Dann brachte sie uns aber Butterstullen.

Wenn wir auseinandergingen, wenn wir nach Hause mussten in unsere Dörfer und Elternhäuser, verabschiedeten wir uns mit einem »Rotfront« und der geballten zarten kleinen Schülerfaust. Das war anders als alles andere und reihte uns ein in die lange Reihe der linken Spanienkämpfer, der kubanischen Revolution, der Barrikadenkämpfer im Roten Wedding. Wir waren eine radikale Minderheit, die bei Edgar im Keller saß und die Stones hörte. Jetzt waren wir die Redaktion der »Roten Schülerfaust« und gehörten einer Familie an, die größer war als das Spießerblut, aus dem wir hervorgegangen waren.

Wir bildeten die Redaktion, die aus uns allen bestand, verteilten die Themen und Artikel und beschlossen, dass das Blatt bald »Rote Lehrlings- und Schülerfaust« heißen sollte.

Für die nächsten Tage war wichtiger als alle internationalen Konflikte und Krisenherde, wie und wo man Papier und Matrizen, vor allem aber eine Druckmaschine besorgen konnte.

Leo telefonierte mit dem SDS-Büro in Frankfurt, Sam machte einen Plan, wie man nachts in ein Bürofachgeschäft eindringen könnte, Edgar wollte die Haushaltskasse seiner Mutter mitnehmen und Eva ihrem Vater den Generalschlüssel entwenden. Tom warnte, dass diese Formen der Beschaffungskriminalität auf uns aufmerksam machen würden, bevor ein erstes Exemplar der »Roten Schülerfaust« ausgeliefert wäre.

Tilly wusste, dass die Gemeindeverwaltung in Ewersbach eine alte Druckmaschine loswerden wollte. Ich kannte ein Papiergroßhandelsgeschäft in der nächsten Kleinstadt. Knubbel, der in der Unterprima war und erst vor kurzem in ein Dorf in der Nähe von Herborn gezogen war, stellte das Haus seiner Eltern zur Verfügung, die planten, demnächst übers Wochenende an den Bodensee zu fahren. Woher aber bekamen wir die 800 Mark?

Sam griff öfter in die Ladenkasse, ich kündigte mein Sparbuch, das mir zur Konfirmation geschenkt worden war, Albrecht bat seinen Vater um einen kleinen Kredit, und alle anderen legten ihr Taschengeld zusammen. Das genügte für 78 000 Blatt Papier, die Maschine, Druckerfarbe, mehrere Kästen Bier, Shit, Eierravioli in Dosen und Benzin für unseren alten MG. Knubbel hatte Spaghetti eingekauft.

Wir kamen mit Mopeds und mit dem Zug, mit Fahrrädern und mit unserem »Dienstwagen«. Langsam füllte sich das kleine Fachwerkhaus von Knubbels Eltern.

Tom mit seinem Fetthaar, Leo in neuer Lederjacke und Ursel mit Minirock, die Schwestern Siggi und Karin, Tilly mit seinem Hund, Sam mit der Bohrmaschine und zuletzt Gösta und Kalle trudelten ein. Wir brachten die Schreibmaschinen mit und Papier, die heilige Maschine und die Wachsmatrizen.

Als alles verstaut war und wir zusammensaßen, stellten wir fest, dass keiner seinen Artikel geschrieben hatte. Aber das machte nichts, wir hatten ja alle Zeit der Welt, ein ganzes Wochenende.

Einige tippten, andere formulierten, Tom war schon besoffen, der Hund musste pissen. Tilly hatte eine Schallplatte von Víctor Jara dabei, die Schwestern Siggi und Karin zeichneten das Titelblatt für die Nr. 1 und ich versuchte, die Druckmaschine in Gang zu setzen.

Freunde kamen und gingen, tranken und schrieben, aßen und verschwanden wieder. Zwischendrin formulierten Paul und Ede die Überschriften. Tom wusch dreckige Gläser und Teller ab. Niemand schlief mehr. Manchmal träumten wir davon, mit einer der beiden Schwestern Sex zu haben, aber Kalle war immer schneller. Einmal ging ich auf die Toilette, und er vögelte mit Christa im Stehen. So etwas hatte ich bis dahin noch nie gesehen, und mir wurde ganz schwindelig. Ich wollte auch mal, aber das sagte ich nicht.

Seite für Seite wurde getippt, Bild für Bild gemalt, wir suchten nach Gedichten. Fast zufällig fiel uns das eine oder andere in die Hände, wir fanden Straßensprüche, proletarische Witze, Kinderverse: »Harry Piel sitzt am Nil, wäscht seinen Stiel mit Persil.«

Wir schrieben über die schmierigen Übergriffe auf die hübschen Schülerinnen der Handelsschule durch den Rektor Dieter Sander. Das würde ein Grund sein, uns zu verklagen. Wir wussten, was Sander für einer war. Er hieß wie der Mörder von Winnetou und war außerdem ein »verklemmter Ficker«. Das waren Worte, das waren klare Sätze, wie man sie nur in einer revolutionären Schülerzeitung finden konnte. »Investigativen Journalismus nennt man das«, sagte Paul, der nach Amerika gehen wollte.

Und dann war auch schon Samstagnachmittag. Wir waren müde, und von der »Roten Schülerfaust« war nicht einmal die Hälfte gedruckt. Tom lallte herum und stellte nölend das ganze Projekt infrage, sprach von kleinbürgerlicher Revolte und dass er jetzt gleich Flaschenbier holen wolle. Sam ließ sich ein Bad einlaufen und begann sich auszuziehen, Ursel wollte unbedingt kiffen. Ich hätte gern mit Christa geschlafen, aber ich wusste nicht, wie ich es anstellen sollte.

Die ganze Nacht lief die Druckmaschine, Seite für Seite wurde durchgezogen, Stapel um Stapel nebeneinandergelegt. Gegen 4 Uhr morgens gab es einen Knall. Die Maschine stand fest und rührte sich nicht mehr. Alles war aus, alles war umsonst! Ich setzte mich an den Tisch, drehte mir eine Kippe von dem »Schwarzen Krausen« und war nahe daran, zu heulen. Die meisten schliefen noch, und der Drucker der Gruppe Ho Chi Minh wusste nicht weiter. War die »Rote Schülerfaust« schon am Ende, bevor ein einziges Exemplar in die Finger der Schüler und Lehrlinge geraten war, die wir ansprechen und auffordern wollten, wild und gefährlich zu leben, frei von jeder Partei und einengenden Karrierewünschen? Sollte alles daran scheitern, dass ein Stahlband zwischen zwei Druckwalzen gerissen war? Ich lief durch das Haus, sah Kalle im Bett liegen neben Christa und begriff, daß Revolution machen auch mit Kompensation zu tun hat. So hatte es doch Sigmund Freud gesagt: daß es sich um Sublimation der Triebe handele, wenn man eine kulturelle Leistung erbringe, statt nur seiner Sexualität nachzugehen. Damit war offensichtlich ich gemeint. Ich mochte zwar das gesellschaftlich Wertvollere getan haben, aber zufriedener war nun mal Kalle. Christa schlief und ihr mangelte es an nichts.

Hilfe kam von Gösta. Er stand plötzlich im Zimmer mit seinen blonden, dünnen Haaren, ein zu groß geratener Junge, den Kopf etwas eingezogen und im Mund einen »Krausen«, eine dünne, zerknitterte Kippe. Gösta hatte eine Zange in der Hand, begutachtete die Druckmaschine und kam zu dem Ergebnis, dass man das Stahlband nieten müsse. Haben wir Nieten? Wir hatten natürlich keine Nieten. Er schaute sich um, suchte nach irgendwas, das notfalls als Niete hätte dienen können, dann riss er eine Lampe von der Wand. Ich war erschrocken, in vierundzwanzig Stunden würden Knubbels Eltern vom Bodensee zurück sein, und die Wohnung sah aus wie ein Schlachtfeld. Gösta nahm die Zange und klemmte, ohne den Strom abzustellen, aus dem Kupferkabel ein Stück heraus, hängte die Lampe wieder an, nahm den Draht und das defekte Stahlband aus der Druckmaschine und begann, die Bruchstelle mit dem Kupferkabel zu reparieren. Es dauerte vielleicht zehn Minuten, und die alte Maschine lief wieder. In immer gleichem Tempo näherte sich die erste Nummer der »Roten Schülerfaust« ihrer Vollendung.

Am Abend ging alles sehr schnell, der Tatort wurde geräumt, Betten überzogen, die Küche geputzt, der MG fuhr vor, und Tilly hatte das Auto seiner Mutter geklaut. In beiden Wagen wurden die Zeitungen verstaut. Wir telefonierten und organisierten, dass in zwei Kleinstädten und vier Dörfern die Verteiler auf die Autos warten würden. Am Montag würden 3500 Exemplare unserer »Roten Schülerfaust« verteilt werden.

Morgens um 6.30 Uhr standen unsere V-Leute bereit. Tilly jagte wie ein Wilder durch die Kleinstadt. Zwei Polizeibeamte waren im Einsatz und verfolgten den Wagen von Tillys Mutter. Aber als wir uns abends im Keller von Ede trafen, war das Werk vollbracht. Die Zeitung war im Volk. Nur Tilly und Christa hatte man erwischt und ihre Personalien festgestellt. Das dämpfte unsere Laune, aber Tillys Sportsgeist war geweckt. Wir tranken »Samos«, einen fürchterlich süßen griechischen Wein, und beschlossen, unsere Druckmaschine erst einmal zu verstecken. Dietlind hatte die Idee. »Im Hühnerstall meines Vaters, da findet sie keiner. Der alte Weber ist über jeden linken Radikalismus erhaben.« Dort stand unsere Druckmaschine nun, mitten im Hühnerstall vom alten Weber, zugedeckt mit Decken und Plastikplanen. Bürgermeister Weber wusste natürlich nicht, was wir, die Aktivisten der Bewegung Ho Chi Minh, und seine Tochter in seinem Hühnerstall versteckt hatten. Da stand sie also, das gute Teil, und wartete auf den Druck der Nummer zwei.

Der schwarze Ritter

»Hast du den neuen Ritterfilm gesehen?«

»Welchen?«

»Na, »Brancaleone«, mit Vittorio Gassman.«

Vor der Revolution und bevor die Schweden ihre modernen Filme drehten, gab es die schönsten Ritterfilme. Die Welt im Film war übersichtlich angeordnet, Ivanhoe kam immer in einer weißen Rüstung, und seine Feinde waren schwarz gekleidet. Bis auf einen, den Ritter Brancaleone, der gegen Tod und Teufel kämpfte. Brancaleone war ein Freiheitskämpfer, und er gehörte in das Repertoire der Helden meiner Kinderzeit. Vielleicht habe ich mich später für ihn geschämt, vielleicht nahm er vorweg, was wir eigentlich wussten: Er siegte nie.

Als Kind stellte ich mir vor, das Schwert aus einem ganz bestimmten Rittersaal zu stehlen. Er befand sich in einem Schloss, dessen Türme und Zinnen man von weitem sah. Dorthin bin ich oft mit meiner Mutter, meinem Vater und meiner Schwester gefahren. Unerträglich lang waren die Vorträge, die wir uns anhören mussten, ein Gebrabbel und Gemurmel und Gedruckse, und doch sollte das Geschichte sein. Wie viele Bauern hatte der Schlossherr zugrunde gerichtet, was war geschehen in den Verliesen? Aber dann betraten wir den Rittersaal. Ein Ritter saß auf einem gepanzerten Pferd. Links hinter ihm, unauffällig an der Wand, hing mein Schwert. Jedes Mal blickte ich nach den Nägeln, an denen es befestigt war, schmiedete Pläne, wohin ich es verschwinden lassen würde. Ob ich meinen Vater einweihen konnte? Dann gingen wir weiter, immer weiter, dann kamen die Filzpantoffeln, später die Geschichte von dem Hund, der sich aus dem Fenster stürzte, um zu seinem Herrn zu kommen, und dann war alles vorbei. Die Führung war beendet. Wir gingen mit den Eltern in ein Café.

Jetzt stand ich wieder vor dem Kino und verteilte Flugblätter. Es war kalt und regnerisch. Sie spielten einen Kriegsfilm, Ho Chi Minh war als grüne Bestie dargestellt. Ich war in den Vorführraum geeilt, kannte die Tür und kannte die Treppe, wollte Herrn Schwalb zurufen, mach den Kasten aus, die lügen. Aber Herr Schwalb war nicht mehr da.

»Der ist in Rente«, sagte die Frau im Kassenhäuschen, »ihr müsst hier weg mit eurem kommunistischen Kram, mein Kleiner, sonst holen wir die Polizei.«

»Boykott!« riefen wir den abendlichen Besuchern zu. »Bürger, runter vom Balkon, unterstützt den Vietkong!« Sie sahen uns an, als kämen wir von einem anderen Stern. Es war kalt. Und dann sah ich den schwarzen Ritter. War er ein Freund, würde er uns beistehen? Sein Visier war geschlossen. Das bedeutete nichts Gutes. Er wollte uns sein Gesicht nicht zeigen. Er ging geradewegs auf mich zu. Ich hielt ihm das Flugblatt hin, und er schlug mir mitten ins Gesicht, ohne Vorwarnung, präzise ausgeführt der Schlag, und er lachte dabei.

Als ich erwachte, war die Welt nicht mehr, wie sie vorher gewesen war. Klein, ganz klein habe ich mich gefühlt und nicht wie ein Revolutionär. Feige war ich und wehrlos. Durch den Nebel hindurch sah ich, wie ein großer schwarzer Mann auf sein Pferd stieg und lachend davonritt. Blut rann über mein Gesicht, und meine Freunde standen ratlos um mich herum. Niemand hatte mir geholfen. Schwächlinge, kleine dumme Schwächlinge waren wir. Die Flugblätter lagen über den Platz verstreut, der Regen fiel lautlos von oben nach unten, und im Kino lief der Film. Ho Chi Minh war in seinem Gartenhaus. Der Regen schlug gegen die Fensterscheibe. Blitze schlugen vom Himmel. Über dem Himmel von Vietnam näherten sich die Bomber vom Typ B-52.

In der Ferne sah ich Sterne und musste an Donald

Duck denken und an Fix und Foxi und an meinen Vater und die Geschichte mit den Cowboyhüten, aber vielleicht war es auch nur die Leuchtreklame des Kinos. Zurück, Rückzug, das war mein sehnlichster Wunsch, und ich dachte an das Schloss und das Schwert, und meine Knappen trugen mich vom Schlachtfeld. Ich hatte dem Schwarzen nicht das Schwert in den Bauch gerammt, sein dünnes, farbloses Blut war nicht aus seinem Leib geflossen, es war kein Jubel erklungen, und es hatten keine Posaunen gespielt. Nichts von dem. Eine erbärmliche Niederlage. O mein Gott, wie musste Che Guevara gelitten haben! So war es, wenn man erwachsen wurde und noch immer nicht sein Schwert bekommen hatte.

Paul nahm mich mit zu sich nach Hause. Seine Mutter wusch mir das Gesicht, machte Tee und Brote. Ich fühlte mich wohl, als hätte ich endlich ein Zuhause, und ich wünschte mir, dass Pauls Eltern mich adoptieren würden.

Doch dann klingelte der Wecker, es war 6 Uhr morgens, und wir fuhren in die Schule.

Die »Rote Schülerfaust« hatte eingeschlagen wie eine Bombe. Rektor Sander hatte Strafantrag wegen Beleidigung gestellt. Die Staatsanwaltschaft und die Polizei hatten die Ermittlungen bereits aufgenommen, es wurde geschnüffelt, aber nicht gegen Sander, sondern gegen uns, wegen Verbreitung pornografischer Schriften.

In der Stadt herrschte große Aufregung, die Lokalzeitung berichtete von dem Schülerpornoblatt, Elternversammlungen wurden einberufen, und es hieß, das Blatt würde zu Schwarzmarktpreisen gehandelt. Der stellvertretende Rektor unserer Schule hatte die »RSF«, wie wir sie schon liebevoll nannten, durchkorrigiert und insgesamt 487 Fehler entdeckt, die Groß- und Kleinschreibung nicht mitgerechnet. An der Schule herrschte eine Stimmung, dass man es knistern hörte. Wer war die »Rote Schülerfaust«? Welcher Lehrer stand demnächst am Pranger? Vorsicht war geboten, und zwar auf allen Seiten. Ermittlungsverfahren, Strafanträge, schulische Disziplinarverfahren, aufgeregte Eltern, Gerüchte über Verhaftungen und Spitzel. Aber wöchentlich kamen die Briefe aus Peking. Anscheinend war einer der mächtigsten Männer in Ungnade gefallen. Mal hieß es, Lin Piao sei geflohen, dann wieder, man habe ihn gefangen genommen, er sei ein Spion Moskaus. Alles verwischte sich: Moskau, Peking und der Dillkreis, und wir befürchteten aufzufliegen. Tom soff wie ein Loch, und Paul würde jetzt bald nach Amerika fliegen.

Tilly hatte Post von der Staatsanwaltschaft bekommen. Blass vor Angst hatte er das Kuvert geöffnet und darin eine Anklageschrift gefunden. Nun war klar, dass ein Strafprozess gegen uns angestrebt wurde.

Aber es gab auch Anwälte in Frankfurt.

Tilly holte mich ab. Er hatte wieder das Auto seiner Mutter entwendet, und wir fuhren nach Frankfurt, in das Zentrum der Revolution. Dort in der Hochstraße war das Büro der linken Rechtsanwälte.

Im dritten Stock hatten sich fünf Männer zusammengetan und ein Anwaltskollektiv gegründet. Wir klingelten an der Tür, eine junge Frau öffnete.

»Nehmt Platz«, sagte sie lässig, »der Helmut kommt gleich.«

Akten lagen herum, Gesetzbücher reihten sich in den Regalen, in einer Ecke lag eine Robe. Wunderschöne Sekretärinnen mit offenem langem Haar liefen durch die Räume, und Tilly und mir war schon ganz schwindlig. Fast hätten wir vergessen, warum wir hier waren.

Wir versuchten zu verstehen, was gerade geschah, und merkten, dass wir eine untergeordnete Rolle spielten. Hier ging es um mehr, hier ereigneten sich wirkliche Dramen: Demonstranten waren angeklagt wegen versuchten Totschlags. Der Staat zensierte linke Bücher. Ein Kaufhaus sollte in Brand gesteckt worden sein. Es ging auch um Drogen. Und dann rief uns einer in sein Büro. »Helmut Riedel«, sagte er und sprach leise und betont. Er war ein zurückhaltender Mann, hatte ein freundliches Wesen, sein Haar war schütter, sein Körper schlank, seine Stimme warm, manchmal suchte er nach Formulierungen. Wir hatten die »Rote Schülerfaust« mitgebracht, berichteten ihm von der Gruppe Ho Chi Minh, und er musste schmunzeln: »Mia Mey sitzt dabei, schüttelt ihm das linke Ei. Wo habt ihr das her?«

Es war Tilly und mir peinlich. Wir sahen uns an, er sollte ja nicht denken, unser politisches Programm erschöpfe sich in Kindersprüchen über männliche Genitale. »Das steht in Rühmkorfs ›Volksvermögen‹«, antworteten wir brav und zeigten die Anklageschrift.

»Verstoß gegen das Hessische Pressegesetz, Verbreitung von pornografischen Schriften und Beleidigung. Das ist ja schon eine ganze Latte«, sagte er. Und wir zwei wuchsen innerlich, und dann kam das Wort: »Aber alles Kinderkram.«

Als er sah, wie wir zusammenzuckten, verbesserte er sich rasch: »Ich meine natürlich nicht euch, sondern die Justiz bei euch, die versucht, euer Anliegen zu kriminalisieren.«

Wir hatten einen solchen Satz noch nie gehört, aber wir verstanden, dass er genau die Situation traf.

»Ihr müsst natürlich etwas für unsere Anwaltskosten auftreiben.« Wir erschraken und hatten keine Vorstellung, wie viel das sein sollte.

Dann sagte der Anwalt: »Wir kommen zu zweit, jeder 100 Mark und etwas für den Sprit.«

Mein Gott, wir waren erleichtert. Das war geschenkt, und die Gruppe Ho Chi Minh würde für uns sammeln. Ja, wir hätten hier sitzen bleiben mögen, die beiden

Schüler von der »Schülerfaust«. Wenn wir in dieser Kanzlei arbeiten könnten – egal was, Akten kopieren oder lesen oder Adressen schreiben oder die Räume putzen –, dann könnten wir was für unsere Leute tun. Aber wir mussten weiter, der Anwalt an die richtigen Fälle und wir zurück in unser Dorf.

Das Amtsgericht in der Kreisstadt hatte geladen: die beiden Angeklagten Tilly und Christa, ihre Eltern, die Jugendgerichtshilfe. Da Tilly schon achtzehn Jahre alt war, war die Verhandlung öffentlich. Wir hatten kräftig mobilisiert, die Vorhalle des Amtsgerichts war voller Schüler, aber unsere Anwälte fehlten. Christa war ängstlich, sie hatte ihren Eltern nichts berichtet, hatte alle Briefe abgefangen und das Gespräch mit der Dame vom Jugendamt verweigert. Wir alle standen im Flur bereit, auch die Zeugen, ein Kriminalbeamter, Oberstudienrat Dr. Ernst, ein Reporter vom Lokalblatt und viele, die wir gar nicht kannten. Die Sitzung wurde aufgerufen. Die erwarteten Starverteidiger aus Frankfurt aber fehlten noch immer. »Wir fangen schon mal an«, sagte der Amtsgerichtsrat. Doch Tilly hob seinen Finger und sagte: »Herr Vorsitzender, wir beantragen Verschiebung, ohne Anwälte sagen wir nichts.«

Das Publikum raunte. Punktsieg für Tilly. Wenige Minuten später kamen mit offenen Roben unsere Anwälte in den Gerichtssaal und erklärten, dass die Angeklagten von ihrem Schweigerecht Gebrauch machen würden. Der Richter schluckte, der Kriminalbeamte konnte sich an niemanden mehr erinnern, und Tilly entschloss sich, eine Erklärung gegen den Vietnamkrieg vor Gericht zu verlesen, während wir im Flur Dr. Ernst beobachten konnten. Aufgeregt nuckelte er an seiner Zigarre, und als er aufgerufen wurde, hieß es nicht »Herr Oberstudienrat Dr. Ernst in den Verhandlungssaal«, sondern da hieß es schlicht: »Der Zeuge Ernst bitte eintreten.« So war das bei Gericht. Ernst war überrascht, dass er schon an der Reihe war, und bekam er erst einmal einen kräftigen Hustenanfall. Nach dem erneuten Aufruf fingerte er an seiner Zigarre herum, suchte einen Aschenbecher und rannte in den Verhandlungssaal. Da stand der Zeuge und kam sich vor, als wäre er es, der diesen Schülermassen wie ein Zögling vorgeführt wurde.

»Zuerst Ihre Personalien«, sagte der Richter.

»Muss ich meinen Wohnort nennen?« erwiderte Ernst.

»Aber natürlich. Sie sind doch nicht in einem Zeugenschutzprogramm.«

Dann folgte sein Bericht. Er habe morgens vor der Schule gestanden, da sei mit quietschenden Reifen ein ausländisches Fahrzeug vorgefahren, eine blaue Limousine, und dunkle Gestalten hätten dieses Schmierblatt in die Luft geworfen …

Im Zuschauersaal wurde gelacht.

»Ruhe!« rief das Hohe Gericht.

Aber da ertönte noch ein anderer Schrei.

»Feuer!« schrie der Gerichtsdiener und deutete auf den Zeugen Ernst. Ja, da stieg auf einmal Rauch auf. Dr. Ernst stand im Nebel, und aus seiner Jackentasche kam Qualm.

»Feuer!« schrie jetzt auch der Zeuge und blickte hilflos den Richter an.

Es dauerte, bis der Richter begriff, dass tatsächlich aus der Jackentasche des Zeugen Rauch emporstieg.

»Sind sie verrückt?! Gerichtsdiener, löschen sie den Mann.«

Jetzt kam Bewegung in den Gerichtssaal. Der Justizbeamte lief, um den Feuerlöscher zu holen.

»Ich brenne«, schrie Dr. Ernst, »ich brenne!« Es war ein riesiger Tumult im Sitzungszimmer, und die Zuschauer lachten. Im Saal sah es aus wie nach einem Großbrand, die Sitzung musste unterbrochen werden. Ernst wurde im Notfallzimmer versorgt. Als die Verhandlung fortgesetzt werden konnte, hatte er ein großes Loch in seinem Jackett, dort, wo er zuvor die Zigarre in die Tasche gesteckt hatte. Er selbst erklärte sich für vernehmungsunfähig, er würde niemanden erkennen, niemanden, weder vorher noch nachher, und Tilly kenne er schon gar nicht, dass der überhaupt auf unsere Schule gehe, sei ihm unbekannt.

Damit endete der erste Prozess gegen die Verteiler der »Roten Schülerfaust« mit einem Freispruch. Unsere Anwälte gingen mit uns in die Kneipe »Zum U-Boot«, wo wir unseren Sieg feierten und das Honorar vertranken. Denn bei Freispruch zahlt der Staat.

Zeitungen brauchen Redakteure, und Redakteure brauchen ein Büro. Sie sitzen hinter Glasscheiben und vor großen alten Schreibmaschinen, sie rauchen viel und trinken Kaffee, sie versuchen die Welt zu beschreiben, damit sie besser wird, und dann kommt ein Chefredakteur und redet auf sie ein. So werden sie alt, und alles bleibt, wie es ist. So wollten wir niemals werden.

Leo hatte im Bahnhof einen Türken kennengelernt. Ob er ein Linker sei, fragte Tom, aber Leo verneinte. »Ich glaube, er ist ein Spieler und von Politik will er nichts wissen, aber er hat ein Haus in der Altstadt und vermietet einen Laden.«

Als wir uns am nächsten Tag mit dem Türken trafen, waren wir begeistert. Er schloss uns die Tür auf, und wir sahen unser kleines Paradies: ein verkommener Laden, voll mit Müll und Gerümpel, nicht größer als vielleicht 50 Quadratmeter. »Den nehmen wir«, sagte Leo, und der Türke quittierte mit Handschlag. »Morgen 150 Deutsch Mark, und ihr kriegt den Schlüssel.«

Am Tag darauf war das Büro voll. Wir hatten gekehrt, ein paar Stühle besorgt, ein paar alte Matratzen, einen Bollerofen und fertig. Es gab kein Klo und kein Wasser. Wir hatten in einem Kellerverschlag, in dem man nicht einmal stehen konnte, ein Regal entdeckt, in dem außer Marmeladengläsern Obstwein lagerte, der mindestens zehn, wenn nicht gar zwanzig Jahre alt war. Das war ein Fest. Tagelang tranken wir von dem süßen Fusel und erinnerten uns zwischendurch an den Chemieunterricht und schreckliche Geschichten über Methylalkohol.

Die Gruppe Ho Chi Minh hatte nun ein Büro, eine Zeitung und viele, viele Sympathisanten. Der Laden war ein Treff für alle und jeden, und wir, die Aktivisten, konnten bald nicht mehr unterscheiden, wer aus Überzeugung zu uns stieß und wer nur eine Abwechslung oder ein Abenteuer suchte.

Einer, der blieb, war Franco. An einem Freitagabend – die Bude war voll, und der Tabakqualm kroch unter der Ladentür nach draußen – klopfte ein alter Italiener an die Tür. Er arbeitete in der Fabrik im nahen Wetzlar und hatte seine Wohnung verloren. In gebrochenem Deutsch erzählte er von »Lotta Continua« und vom italienischen Fußball. Franco zog in den Laden ein und sorgte für Briketts.

»Wann kommt eigentlich die nächste Schülerfaust?« fragte mich ein kleiner Junge aus der Untertertia.

»Psst«, raunzte ich ihm zu, »das ist doch geheim, aber soweit ich weiß, wird sie schon gemacht, das bleibt unter uns, gell?«

Der Kleine blinzelte mir zu. Das war doch ein Signal! Die Masse wartete auf das Blatt, es war höchste Zeit, die zweite »Schülerfaust« zu schreiben und zu drucken. Wir hörten und um, wessen Eltern irgendwann verreisen würden, damit die Redaktion und die Maschine, das Bier und das Papier, die Schreibmaschinen und die Spaghetti angeliefert werden konnten. Und dann stellten uns Pauls Eltern ihr Haus zur Verfügung. Sie reisten an die Ostsee, und wir zogen dort ein. Wir saßen im Garten und rauchten, am offenen Feuer grillten wir Würstchen und tranken billigen Rotwein. Nachts liefen wir durch die Wälder, kletterten über den Zaun des Schwimmbads und badeten nackt. Wir waren frei! Manchmal hörte ich Paul und Karin, wenn sie miteinander schliefen, und versuchte irgendwas daraus zu lernen.

Wir träumten davon, endlich in eigene Häuser zu ziehen, um Kommunen zu gründen und Kinder zu haben und so frei zu sein wie die Kommune I in Berlin. Wir fanden, dass Uschi Obermeier eine Verräterin war. Aber schön war sie.

Im Keller arbeitete die Maschine. Tilly konnte mittlerweile selbständig die Matrizen aufziehen und die Druckerpatrone kontrollieren. Wie eine alte Nähmaschine tuckerte der Drucker vor sich hin. Das neue Titelblatt der »Roten Schülerfaust« war fertig, da fragte einer, wo eigentlich der Peter sei. Peter. Er war ein stiller junger Mann. Immer schwarz gekleidet, immer sprach er von Albert Camus. Die Woche über machte er eine Ausbildung bei der Allianz-Lebensversicherung. Er war erst spät zu uns gekommen, wirkte etwas verträumt, etwas verkifft. Mehr wussten wir nicht von ihm. Dann war er verschwunden.

»Hat er sich irgendwo abgemeldet?« fragte Ede. Niemand wusste es. Am nächsten Tag begannen wir nach ihm zu suchen. Dabei hatten wir keine Lust, uns immer und um jeden zu kümmern. Zudem musste unser fester Lese- und Diskussionsplan für die Ferien eingehalten werden: Wir wollten von Karl Marx »Lohnarbeit und Kapital« lesen, von Herbert Marcuse »Über den affirmativen Charakter der Kultur« und von Mao Tse-tung »Über den Widerspruch«.

Halbherzig, lustlos suchten wir nach ihm. Ich stellte die Druckmaschine ab. Leo rief bei Peters Mutter an, aber auch die hatte ihn seit drei Tagen nicht gesehen. Er wird schon wiederkommen. Er ist frei. Wir sind keine Verwahranstalt.

Am nächsten Tag tauchten zwei Polizeibeamte auf, drei zivile Beamte waren vor dem Haus im Auto sitzengeblieben. Ob wir Rauschgift nähmen, wollten die beiden Polizisten wissen, ob wir pornografische Schriften hätten. Sie nahmen die Personalien von Paul auf. Paul machte sich keine Sorgen, er konnte sich auf seine Eltern verlassen. Dann fuhren die Bullen davon.

Peter blieb verschwunden. Am nächsten Tag rief seine

Mutter an, ob wir eine Nachricht hätten. Nein. Einen Tag später lasen wir in der »Dill-Zeitung«, dass man Peter gefunden hatte. Er hatte sich im Wald an einem Baum erhängt. Wir saßen stundenlang beisammen, rauchten, schwiegen. Wollten wir doch besser sein als die Spießer und hatten nichts bemerkt! Mein Gott, einer war tot, und wir sprachen von konkreter Utopie.

Peter hatte einen Abschiedsbrief geschrieben. Wir sollten Camus lesen und Exupéry, wenn wir wissen wollten, warum er sich das Leben genommen habe. »Der kleine Prinz« gehörte nicht zu unserer Lektüre. Ich musste an meinen Vater denken. Wir wussten nicht, was wir falsch gemacht hatten. Wir wussten etwas über unser eigenes Leben, aber wir kannten das Geheimnis des anderen nicht. Fest stand nur, es gab ein Mysterium. Wir fühlten uns schuldig. Nein, wir wischten das nicht einfach weg. Wir waren schuldig. Wir hatten nicht gemerkt, dass einem, der uns nahe war, etwas sehr Existenzielles fehlte. In diesem Wir-Gefühl hatten die Toten keinen Platz. Aber ich war mit dem Tod meines Vaters nicht mehr allein. Die Scham hatte uns alle erwischt. Die Gruppe Ho Chi Minh wusste nicht, wie gottlose Götter mit der Trauer umgehen sollten.

Auf dem Friedhof haben wir seine Mutter gesehen. Ich habe sie angesprochen, eine kleine, zarte Frau. Sie schüttelte den Kopf, und Tränen rannen über ihr Gesicht. »Nein«, sie wollte nicht mit uns sprechen, sie sei uns aber auch nicht böse. Der Pfarrer war ein teilnahmsloser alter Mann. Es regnete in Strömen, und wir hörten die Lieder, die wir aus dem Konfirmandenunterricht kannten, aber wir sangen nicht mit. Am offenen Grab stand ein kleiner muskulöser Mann. Er weinte und rauchte dabei eine Zigarette.

»Der hat ihn gefunden«, flüsterte mir Leo zu. »Der kommt vom Zirkus unten in den Wiesen.« Ich wurde neugierig und schlich mich, während der Sarg in die Erde versenkt wurde, an den Mann heran.

»Ich bin Menz«, flüsterte ich ihm zu.

»Freut mich, Piti vom Zirkus Bügler. Ich hab ihn gefunden. Armer Hund.«

Piti hatte gewaltige Muskeln, und seine Arme waren voller Tätowierungen. Er gab uns allen die Hand. Er umschloss unsere Hände, und als er sie wieder freigab, waren wir uns nicht sicher, ob unsere Finger noch dran waren. Wir warfen Erde in die Grube, kondolierten der Mutter und redeten mit ihm auf dem Weg durch die Gräber über den Zirkus und über die Freiheit. »Du musst dein kleines Leben nutzen«, raunzte er mir zu, als Wogo um die Ecke kam, in der rechten Hand eine Bierflasche und in der anderen Hand ein paar Blumen. Wogo kam immer zu spät.

»Abgerissen im Vorgarten!« Er lachte, und der Rotz lief ihm von der Wange.

Wir kannten Wogo schon, da lebte er noch mit seiner Mutter in einem verfallenen Häuschen mitten in der Stadt. Er soff wie ein Loch, schlug sich gern und konnte heulen wie ein Wolf. Dann hatte er einen Rentner überfallen. Knast ohne Bewährung. Wogo schämte sich. Er war kein Robin Hood.

Piti lief hinter ihm her. »Hey, Junge, auf dem Friedhof herrscht Anstand. Du gehst jetzt nach Hause, schläfst dich aus, und morgen sagst du deinem Kumpel nüchtern Adieu. Danach kannst du saufen.«

Wogo war perplex. Keiner hatte je so mit ihm gesprochen. Er drehte sich auf der Stelle um, murmelte so etwas wie »'tschuldigung« und ging.

Wogo war auch immer zu unseren Sitzungen zu spät gekommen, hatte nie recht zugehört, die Faust zum Himmel gereckt und »Rotfront!« geschrien, als würde morgen die Revolution ausbrechen. Er konnte wie ein Rohrspatz schimpfen, verfluchte seinen verstorbenen Vater, verdammte die Klassenjustiz und schrieb Gedichte. Er stank aus dem Mund und lallte dummes Zeug. Aber die schönsten Mädchen flogen auf ihn. Lag das an seinem Charme, bekam er das Mitleid der jungen Genossinnen? »Es ist sein Schwanz«, fluchte Tom, und dann mussten wir lachen.

Wogos Mutter hatte mit ihm um die Wette getrunken und geraucht. Sie war glücklich, wenn wir Oberschüler uns um ihren Jungen kümmerten. Eigentlich hätten Wogos Mutter und meine Mama sich blendend verstehen können, aber sie haben sich nie getroffen. Ein gelegentliches Gläschen könne einer jungen Witwe niemals schaden, sagte Mutter Wogo und lag in der Ecke. Dann nahm sie unsere Hände, und wir durften ihr über den Busen streichen. Sie weinte mit uns, und die Welt war schlecht. Mehr geschah nicht. Wir schauten uns in dem alten Haus von Wogo die Sportschau an, bis Mutter und Sohn eingeschlafen waren, und schlichen uns hinaus. Wir wollten Wogo vor dem Alkohol schützen, aber wie, das hatte uns keiner gesagt.

Dann war Wogo in den Knast gekommen, und jedes Mal, wenn wir ihn nach dem Knasturlaub zurück nach Darmstadt ins Gefängnis brachten, heulten wir Rotz und Wasser. Mit irgendeinem aufgetriebenen Auto fuhren wir über die Autobahn, torkelten später noch in eine Kneipe und aßen mit Wogo das letzte Schnitzel. Dann fuhren wir zum Portal der Justizvollzugsanstalt. Ich ging mit ihm die letzten Meter, klingelte an der Pforte, eine Stimme quäkte uns entgegen: »Gehen Sie zurück, halten Sie Abstand.« Das Tor öffnete sich. Wogo ballte noch einmal die Faust. »Rotfront!« riefen wir, und ließen den Motor von unserem VW-Käfer aufheulen. Danach kamen Briefe. Briefe von Wogo aus dem Knast, »lettere di càrceri«.

Die schönsten Briefe schrieb Wogo aus dem Knast. Er konnte schreiben. Wogo würde – nüchtern und isoliert – ein großer Poet werden. Er zitierte Rosa Luxemburg, dann Antonio Gramsci und teilte uns seine Wünsche für die Knastpakete mit: Tabak, Tabak, Blättchen und ein wenig Schokolade.

Im Laden packten wir die Pakete. Wir kauften ein, klauten ein bisschen was, und Franco sang fröhliche Lieder aus Italien. Häuslich niedergelassen hatte sich der fremde Revolutionär. Er beschloss, nie mehr in die Fabrik zu gehen, dafür aber mehr Lenin zu lesen. Neben ihm saß Buddy. Er war von zu Hause abgehauen, lebte als Clochard im Dillkreis, kam aus einer reichen Familie und las Max Horkheimer und Sigmund Freud. Wenn er seiner Mutter in der Stadt begegnet war, beschrieb und analysierte er jeden ihrer Atemzüge, jede Bewegung, jeden Lidschlag, jede Schroffheit. Darüber konnte er stundenlang sprechen.

Es war Samstagnacht, einige Tage nach Peters Beerdigung. Wir waren gerade eingeschlafen, als es einen fürchterlichen Knall gab. Buddy schrie, als müsste er sterben. Der Wind blies in unseren Laden, die Schaufensterscheibe war kaputt. Sam, Franco und Tom liefen auf die Straße. Es war dunkel, aber Sam hatte eine Taschenlampe in der Hand. In der anderen hielt er seine Gaspistole. Buddy hatte direkt an der Schaufensterscheibe auf einer Matratze gelegen, als der Stein durch das Fenster flog. Er blutete im Gesicht.

»Raus, raus!« schrie Tom. »Wir werden alle verbrennen!« Aber es war kein Feuer gelegt worden, und der alte Ölofen brummelte beruhigend vor sich hin.

»Das waren die Faschisten!« rief Sam, als er wieder hereinkam. »Ich hab einen der Schwarzen genau gesehen.«

Wir schleppten Buddy ins Krankenhaus, wo man ihm

das Gesicht vernähte. Zwei Stiche direkt unter dem Auge. Krankenkasse hatte er keine, aber die Pfleger ließen uns gehen. Nette Kerle. »Ist schon gut.« Wir gingen zurück in unseren Laden und hielten bis zum nächsten Morgen durch, obwohl wir erbärmlich froren. Am Sonntag besorgten wir uns Bretter von einer Baustelle und vernagelten die Fensterfront. Das war keine Lösung, der Raum war düster, und es sah aus, als wären wir in der Bronx. Franco und Buddy besorgten sich etwas zu essen und heizten den Ofen. Am Nachmittag war eine Vollversammlung angesetzt. Wer waren die Schwarzen, wo saßen die Faschisten im Dillkreis? Wie stark war der Feind? Wie sollten wir uns wehren? Nach den ersten Anfängen und Erfolgen unserer Gruppe waren Stillstand und Ratlosigkeit eingetreten. Wir hatten einen Schülerladen mitten in der Stadt bezogen, aber wir hatten nicht damit gerechnet, dass man uns angreifen würde.

An einem dieser Abende machte einer von uns den Vorschlag, die Gruppe Ho Chi Minh aufzulösen. Die Zeit sei reif, Teil einer größeren Bewegung zu werden, und in den Nachbarstädten gäbe es Gruppen, die sich mit uns zusammentun wollten. In Frankfurt, so berichtete Tilly, habe die Schülerbewegung auch schon einen Namen, »AUSS« hieß das Zauberwort, aber es klang wie AUS, und ich fand es völlig unrevolutionär. »Aktionszentrum Unabhängiger Sozialistischer Schüler« sollte unser Sammelname werden. Vorne AU und hinten zwei Mal S …

Ich fuhr abends wieder des Öfteren nach Hause in mein Dorf. Meine Schwester war froh, mich zu sehen. Sie wartete gespannt auf neue Nachrichten, auf Geschichten aus meinem, wie sie fand, spannenden Leben. Sie saß in ihrem rosa Jungmädchenzimmer und wartete auf mich. Manchmal las ich ihr Texte von Karl Marx und von Ho Chi Minh vor. Wenn sie dabei einschlief, war ich beleidigt.

Sie wollte unbedingt mit auf die Demos und in unseren Laden. Sie wollte sehen, ob es stimmte, was ich erzählte. Wir hatten beide noch einige Rechnungen offen, aber wir mussten noch dort bleiben, bei der Tante und bei meinem Großvater, noch eine Weile in der Fremde leben, bis die Freiheit uns endlich rufen würde.

In Vietnam war es schon lange dunkel. Ho Chi Minh saß in seinem Gartenhaus. Nachdem er mit seinen Offizieren die militärischen Pläne für die nächsten Tage besprochen und sich von ihnen verabschiedet hatte, nahm er Papier und Füller aus der Schublade und schrieb ein kleines Gedicht: Über den Wind.

Ich saß neben meiner Schwester und wir schwiegen. Was sollten wir auch sagen. Mutter war nicht da, aber Onkel Ho zündete eine Kerze an, in der Finsternis brannte ein Licht.

In den Sommerferien ging ich zum ersten Mal in die Fabrik. Die Firma Küster & Co schmolz Eisenstein, walzte Stahl zu Blechen und zog daraus Drähte, die in Lastkraftwagen als Gas- und Bremszüge eingebaut wurden. Der Vorarbeiter, der mich in Empfang nahm – ein freundlicher Kerl, der hinkte, noch vom Krieg, sagte er –, brachte mich an meinen Arbeitsplatz. Es qualmte und zischte, es stank nach Öl und Eisen, nach Schweiß und nach Dreck, und ich nahm die Hitze und den Lärm, den Alltag in einer metallverarbeitenden Fabrik wahr. Ich war an der Basis angekommen, mitten im Zentrum der Ausbeutung. Ich war bei denen, von denen wir immer sprachen. Das war das Elend der arbeitenden Klasse, und wir sollten Freunde werden. Komme, was wolle, aber diese Produktionsverhältnisse müssen wir ändern. Wir hatten so viel zu tun, dass mir ganz schwindlig wurde.

Ich brauchte das Geld und verdiente 1,97 DM in der Stunde. Im Akkord durfte ich noch nicht arbeiten. Ich musste Schraubgewinde in Nippel drehen, und diese Nippel waren die Köpfe der Drahtseile, die an den Motoren befestigt werden sollten. Einmal musste die Abteilung besonders fette Drahtseile ziehen, und für die Schraubgewinde bekam ich einen großen Bohreraufsatz. Erst später klopfte mir ein Kollege auf die Schulter und sagte: »Gut gemacht, das ist für die Panzer, die nach Saudi-Arabien gehen.« Ich war also ein Helfershelfer der deutschen Rüstungsproduktion.

»Wo kommscht du dann her?« fragte mich ein kleiner dicker Mann.

»Aah, vons Gymnasium, na dann willste auch mal Chef wern.«

»Nein!« schrie ich, aber er glaubte mir kein Wort.

Draußen, in der freien Welt, am Bahnhof, auf dem

Marktplatz und meinetwegen auch auf dem Schulhof, war mir gar nicht aufgefallen, wie viele Ausländer bei uns lebten. Hier steckten sie also und abends in ihren Wohnungen. Wie viele Frauen und Männer aus Andalusien, aus der Algarve, dem Hinterland von Anatolien und den Vorstädten von Athen es hierhin verschlagen hatte, konnte mir keiner sagen.

Ich lernte in den Mittagspausen gefüllte Reisblätter kennen, Ayran aus Istanbul trinken und die Blechdosen der Firma Yükül mit dem Taschenmesser öffnen.

»Komm her«, rief mir Pepe zu, »iss mit uns ein paar grüne Oliven aus Granada und Schafskäse aus Istanbul.«

Ich lernte jede Minute, jede Sekunde neue Worte. »Isci« heißt Arbeiter und »Devrim« Genosse, CNT war die Organisation der Anarchisten in Spanien und Panagoulis ein griechischer Freiheitsheld. Überall gab es Diktaturen, in Spanien regierte Franco, in Griechenland Pattakos und in Portugal Salazar. Die Bundesregierung aber kam mit allen Staatschefs gut aus. Die Jungs, die ich kennenlernte, nahmen mich in ihre Familien auf. Mithats Frau hatte die goldensten Zähne, die ich je gesehen habe, und Mehmet die schönste Tochter. Sefer hatte niemanden, aber er lud mich ein, manchmal nach der Arbeit, dann auch für ein Wochenende, und tischte mir gefüllte Auberginen auf und Dew, an den ich mich erst gewöhnen musste. Und für vier Wochen waren Sefer und ich eine Familie. Oder vielleicht doch nur eine Männergemeinschaft.

Sie alle lebten in ihren Baracken und Dachwohnungen, schlechten Unterkünften, die die Bauern meines Dorfes für viel Geld vermieteten. Lange bevor ich in fremde Länder reiste, hörte ich, wie Pepe von andalusischen Stieren erzählte, Sefer vom Freiheitskampf des kurdischen Volkes und Fernando von den Korkeichen und dem Widerstand der Bauern im Süden Portugals. In den kurzen Pausen, wenn der Fabriklärm abebbte, sprachen sie ihre eigene Sprache. Pepe, der Spanier, Marcello, der Italiener, und Sefer, der Türke, die in der gleichen Abteilung der drahtziehenden Fabrik arbeiteten, entfernten sich dann in ihren Erzählungen von uns Deutschen. Für ihre Sprache, die dem Augenblick entsprang, gab es keine Übersetzung in keine der gesprochenen Sprachen dieser Welt.

In der Enge ihrer Wohnungen wäre Platz gewesen für uns alle, für unsere Gruppe, wäre die Arbeitserlaubnis von Pepe nicht abgelaufen, wäre Marcello nicht einem Arbeitsunfall zum Opfer gefallen und hätte Sefer nicht zurückgehen müssen in die Türkei, weil er dort kämpfen wollte und sich sicher war, es gebe für ihn eine Chance.

Mein Vorarbeiter nahm es mir nicht übel, dass ich immer bei den Türken rumlungerte.

»Die sind schon okay – sind ja auch Menschen«, nuschelte er, klopfte mir auf die Schulter und gab mir meine Lohntüte.

»Bist ein guter Kerl. Vergiss uns nicht, wenn du später einmal an die Universität gehst.« Und ich schämte mich und wusste, ich würde ihn enttäuschen.

Mein Ausflug in die Fabrik war kurz. Wenn ich morgens im Zug saß, wusste ich, dass die anderen alle schon seit Stunden an den Maschinen standen, im neuen Akkord, im neu berechneten Tempo. Ich war froh, der Fabrik wieder entflohen zu sein, und konnte doch nicht aufhören, an die zu denken, die ihr ganzes Leben dort verbringen mussten. Wie konnte man dort bleiben, ohne die Maschinen kaputt zu schlagen? Wie gelang es Sefer, so klug und geduldig zu bleiben? Ich wusste nicht, wie Sefer und Pepe es aushalten konnten unter den Deutschen und ihren dummen und dumpfen Sprüchen. Die Revolution schien mir so fern wie niemals zuvor.

Die Ferien waren fast zu Ende. Ein paar Tage blieben

mir noch. Leo und ich fuhren an den Heisterberger Weiher. Wir schwammen und fuhren Boot, wir sprachen von früher, und ich dachte an meinen Vater und an Hans Dieter Göbel, meinen alten Deutschlehrer.

Göbel war in unseren Augen kein richtiger Sozialist, aber er hatte etwas Aufsässiges. Er lehrte Latein und Deutsch und hatte außerdem Politik studiert. Wenn er flüsterte: »Bei Abendroth in Marburg«, dann waren wir uns sicher, dass er irgendeinem Geheimbund angehörte, vielleicht einer Bruderschaft der Freimaurer. Er war Junggeselle, einer, auf den keine so recht achtete. Die Mutter war zu alt, und eine Frau gab es nicht. Kam er morgens mit dem Zug am Bahnhof an, sahen wir seine ungeputzten Schuhe und seine schlecht gebundene Krawatte, umgehängt, ach, umgeschmissen wie ein notwendiges Übel, das einer, der nicht an die Konventionen dieser Welt glaubt, aber ihnen nicht entkommen kann, auf sich nimmt.

Wenn er uns vorlas – und er liebte es, uns vorzulesen –, legte er seinen Kopf zur Seite, schnaufte dabei, seine Augen verdrehten sich, und wir sahen, wie sehr er seine Texte und uns liebte. Er war verliebt in die Sprache, die Geschichten und die Tatsache, dass er Lehrer sein durfte, dass er unser Lehrer war. Göbel war unser Klassenlehrer, und wir waren seine Schüler, denen er half, die Welt zu verstehen, und die eines nie werden sollten: Untertanen. Als wir in die Quarta kamen, zückte Göbel ein blaues Büchlein aus seinem Jackett, schlug es auf und las uns ein Gedicht vor:

Das kleine Haus unter Bäumen am See.
Vom Dach steigt Rauch.
Fehlte er
Wie trostlos dann wären …

Er unterbrach, sprach von rauchenden Schornsteinen, von der Wärme, von den Bewohnern der Welt. Nun war uns klar, warum wir, als wir klein waren, immer Häuser und Häuser gemalt hatten, dann kam der Schornstein drauf und zuletzt der Rauch. Wie trostlos wäre das alles ohne den Rauch, ohne die Menschen. Aber es war auch ... ambivalent, nannte Göbel das, denn zu viel Rauch und der Mensch macht sich überflüssig. Damit waren wir beim marxschen Naturbegriff.

Wir merkten im Deutschunterricht bei Göbel, was uns alles fehlte. Wir wuchsen auf in der Nachkriegszeit, in der ein Gespräch über Bäume und über die Schornsteine der Konzentrationslager schon ein Verbrechen war. Wir erkannten die Lügen und spürten die Schuld unserer Eltern und Großeltern, weil wir einen gefunden hatten, der mit uns darüber sprach, über den Krieg und über Abendroth, über die Demonstrationen in den großen Städten und über Bertolt Brecht, den Mann, der das Gedicht mit dem Rauch geschrieben hatte, der nicht auf den Lehrplänen in Hessen stand, den Mann, der gern Zigarren rauchte und sie dabei so merkwürdig in den Händen hielt. Brecht, der Hedonist. Brecht, der Emigrant. Brecht, der Lyriker. Brecht, der Frauenheld? Darüber sprach Göbel nicht. Sexualität war nicht sein Thema. Manchmal, wenn wir mit ihm auf Klassenfahrt waren und den Mädels nachschauten, dann sahen wir, dass Göbel trotz seiner Leidenschaftlichkeit, seiner Liebe zu Adorno, Brecht, Rosa Luxemburg ein einsamer Mann war. Aber vielleicht musste ein Philosoph einsam sein. Und außerdem bekamen wir ja all seine Liebe und mussten nicht teilen. Das gefiel uns. Ebenso, wenn er Sprüche machte, wie das Geheimnis des Genies sei der Fleiß, und dabei seinen Kopf zur Seite legte und »Bloch« flüsterte, den Namen Ernst Bloch so dahinhauchte, als spräche er von einer Geliebten. Da waren Freiheit und Gedanke, Lust und Leidenschaft miteinander verbunden. Nur wie es wirklich war zwischen Mann und Frau, das wussten wir noch nicht, und Göbel schien es auch nicht zu wissen. Aber es hätte so weitergehen können bis ans Ende aller Tage, wäre da nicht die Klassenfahrt nach Nürnberg gewesen.

»Wir fahren nach Nürnberg«, schnaubte Göbel, und wir waren bitter enttäuscht.

»Wir wollten doch nach Berlin!« schrien wir im Chor, aber er schüttelte den Kopf.

»Da sind leider schon alle Jugendherbergen besetzt.«

»Ohhh.«

Aber die Jugendherberge, die er ausgesucht hatte, auf der Burg, kommentierten wir mit »erste Sahne«, denn unsere Schlafsäle lagen unterm Dach, Jungen und Mädel getrennt, aber auf einem Flur.

Als der Bus vor der Schule hielt, saß unser Lehrer bereits vorn, und neben ihm saß doch tatsächlich diese schreckliche Englischlehrerin, Frau Kothe.

»Was is'n jetzt?« rief Birgit, auf die ich schon vorher ein Auge geworfen hatte, und sie sprach uns aus der Seele. Göbel gehörte uns und sonst niemandem. Wenn da jetzt was laufen würde mit dieser katholischen Zicke, würden wir ihm gleichgültig werden, und was wäre dann mit Adorno und Marx? Wir waren eifersüchtig wie junge Füchse.

Unser Bus fuhr quer durch Hessen, dann sahen wir die bayerische Staatsgrenze und schliefen ein. Am späten Nachmittag kamen wir in Nürnberg an, aber kaum hatten wir die Stadtgrenze erreicht, blieben wir stecken. Das war unser erster Stau. Wir kannten so etwas nicht. Durch das Dilltal führten noch keine Autobahnen, und zu klein waren unsere Städte, als dass es zum Verkehrschaos kommen konnte. Wir hörten Sprechchöre.

»Eine Demo!« rief jemand, und so war es auch.

»Bürger, runter vom Balkon, unterstützt den Vietkong!«

Wir waren hellwach, alle, und riefen: »Herr Göbel, wir sind dabei.«

Unser Klassenlehrer sprach mit dem Busfahrer, der zuckte mit den Achseln, und Göbel rief: »Auf, wir machen da mit, der Bus bringt unser Gepäck in die Jugendherberge.«

Wir sprangen auf, selbst Lothar, der in der Jungen Union war. »Lothar, du kannst ruhig auf die Burg fahren. Das ist alles freiwillig!« Göbel stand schon auf der Straße, hielt seinen Regenschirm hoch, damit wir wussten, wo er war, und wie eine Reisegruppe aus dem Westerwald mischten wir uns unter die Demonstranten.

»Ho-Ho-Ho-Chi-Minh!« Es war, als wären wir zu Hause, nur viel größer, viel mächtiger, als stünde die Revolution vor der Tür, als gäbe es keine CSU, nur eine Münchener Räterepublik. Was wir nie zuvor gesehen hatten in Herborn, hier gab es das: Da waren ältere Leute, da waren Männer und Frauen, die hätten unsere Mütter und Väter sein können, die hatten noch ihre Arbeitstaschen unter dem Arm, die ballten die Fäuste und riefen: »Amis, raus aus Vietnam!«

Ich packte meinen Nebenmann am Arm, und wir hätten heulen können vor Glück. Wir waren nicht mehr getrennt von einer schweigenden Generation. Immer größer wurde der Zug. Der Regenschirm und unser Lehrer waren längst verschwunden, untergegangen in der Masse. Immer größer wurde der Zug. Dann kamen wir an einer Fabrik vorbei. Schichtende.

»Bürger, lasst das Gaffen sein, reiht euch in die Reihen ein.«

Und wieder schrien die Arbeiter aus Nürnberg. Und niemand sagte zu uns: »Geht doch nach drüben!«, »Lasst euch die Haare schneiden!«. Nein, sie gingen mit. Wir zogen mit diesen fremden Menschen durch die Straßen, am Bahnhof vorbei, zum amerikanischen Generalkonsulat.

»Amis, raus aus Vietnam!«

Ein Mann kletterte den Fahnenmast hinauf und riss die amerikanische Flagge herunter, und kurze Zeit später sahen wir das Feuer. Ja, sie brannte, die Stars and Stripes brannten. Mehr nicht. Keine Steine. Keine splitternden Fensterscheiben. Und dann kamen sie. Wasserwerfer, MPs, Polizisten mit Helmen und Schutzschilden. Schutzschilde, wie wir sie von unseren Ritterfiguren kannten, nur diese waren durchsichtig und aus Plexiglas. Die Polizisten droschen auf alles ein, was sich bewegte. Wir liefen, wir rannten wie die Hunde. Wir versteckten uns in einem Hauseingang, duckten und kauerten uns zusammen, aber zwei Polizisten schlugen mit Holzstöcken auf uns ein und hörten erst auf, als ein Reporter aus sicherem Abstand Blitzaufnahmen machte. Jetzt rannten sie dem hinterher.

Wir sahen, wie ein Demonstrant von hinten auf einen Wasserwerfer sprang, das Rohr umdrehte und auf die Polizisten gerichtet hielt. Die Besatzung war so perplex, dass sie Minuten brauchte, das Wasser abzustellen. Applaus, Applaus von allen Seiten. Und dann holten die Behelmten ihn vom Wagen und schlugen und traten ihn zusammen. Leute heulten und schrien, rannten, fielen und blieben liegen. Es war die Hölle, und es war nicht in Vietnam.

Wir taumelten durch eine fremde Stadt und fanden uns irgendwie an der Nürnberger Burg wieder.

Da gab es keine Lebkuchen. Da war nur ein Heulen und Klappern, und mittendrin saß unser Lehrer, verzweifelt über sich selbst. »Ich habe euch da hineingejagt. Es ist meine Schuld. Ich entschuldige mich.« Frau Kothe hielt ihn im Arm.

Niemand war ernsthaft verletzt, ein paar blaue Flecke, sprachlose Schüler, die zum ersten Mal die Gewalt des Staates erlebt hatten, und Lothar schrieb schon an einer Petition für die Junge Union in Bayern.

Wir waren müde, hungrig, aber die Küche war schon zu, und so gingen wir zu Bett wie Schüler in einem Internat, die bestraft worden waren.

Über Kambodscha begannen sie Napalm abzuwerfen.

Am nächsten Tag setzten wir unsere Exkursion fort, Technikmuseum, abends ins Theater. Göbel hatte Karten besorgt. Wie das Stück hieß, danach fragten wir nicht. So was wie Peterchens Mondfahrt, das kannten wir aus dem Theater. Aber hier standen livrierte Herren und hielten ein Plakat mit einer roten Faust darauf. Ein Stück über die Revolution: Ernst Toller, ein Mann der Räterepublik, ein Dichter, ein Verzweifelter, ein Deutscher, der sich in New York das Leben nahm. Wir guckten ungläubig und waren atemlos.

Am nächsten Tag führte Göbel uns zum Reichsparteitagsgelände. Mein Gott, wir begriffen, wie die Nazis inszenieren konnten, welche Meister sie darin waren, aus jedem kleinen deutschen Niemand etwas Großes zu machen. Was war das für ein Gelände, welche Flächen, wie wuchtig die Empore, der Platz, von dem der Führer gesprochen hatte! Wir standen da oben und blickten hinunter, wir standen unten und schauten empor. Wir spürten, wie einzigartig sie sich gefühlt hatten. Wir haben sie verstanden, unsere Mütter und Väter, und wir haben sie umso mehr verachtet.

Müde kamen wir auf die Burg zurück, still war es an diesem Abend. Birgit legte ihren Kopf an meine Schulter. Ich war mir nicht sicher, ob ich sie küssen durfte. Ich hatte mir extra die Zähne geputzt. Aber küssen? Es gab eine andere Welt, jenseits der Faschisten und des Hauses meines Großvaters: die Zärtlichkeit der Völker und die Zärtlichkeit der Frauen. Beides spürte ich, aber ich sagte es nicht, denn es schmeckte nach Schmalz.

Als wir mit dem Bus nach Hause fuhren, war es still. Auf dem Vordersitz war Göbel eingeschlafen, sein Kopf lag auf der Schulter von Frau Kothe. Sie war sehr katholisch, aber sie hatte unseren Lehrer nicht davon abbringen können, dass er seine Schüler nicht schonte, wenn es um die Wahrheit ging. Göbel lächelte im Schlaf. Wir waren traurig. Wir hatten ihn gerne, aber wir wussten, wir hatten ihn an Frau Kothe verloren. Das war gut für ihn, denn seine Schuhe würden künftig immer frisch geputzt sein, seine Krawatte würde ordentlich sitzen, aber er war nicht mehr für uns allein da. Wir mussten ihn jetzt mit einem anderen Menschen teilen. Das war bitter. Leo stieß mich an.

»Du träumst?«

»Ja, ich dachte an Göbel.«

»Der hat letztes Jahr geheiratet.«

Wir traten in die Pedale, und das Boot näherte sich dem Steg, wir legten an.

Es war alles ganz einfach, viel einfacher als gedacht. Es war so dunkel, dass wir einander nicht sehen konnten, aber wir spürten, das wir zusammen waren.

Ich hatte mir am Vormittag von Hausmeister Nickel mit einer Ausrede den Schlüssel ausgeliehen und war in die Stadt gelaufen, um einen Nachschlüssel anfertigen zu lassen. Nur eine halbe Stunde später hatte ich ihm den Generalschlüssel zurückgegeben.

Wir wollten etwas unternehmen gegen diesen Krieg, ein Zeichen setzen gegen die Barbarei. Wir wollten uns anders verhalten als unsere Eltern, die tatenlos den Zügen, die nach Auschwitz fuhren, nachgeblickt hatten. So waren wir aufgebrochen, mitten in der Nacht, entflohen, aus dem Bett geschlichen, zwanzig Kilometer mit dem Auto über Land gefahren. Tom hatte jetzt einen Führerschein und seine Oma ein Auto.

»Ausgeliehen, so wie du den Schlüssel.«

Wir sangen unsere Lieblingslieder von den Beatles und fuhren durch die Nacht. Wir parkten den Lieferwagen in einem kleinen Waldweg und liefen zur Schule hinüber. Was ist der Einbruch in eine Schule gegen eine B-52 in Vietnam? Die Spraydosen klapperten in unseren olivgrünen Parkataschen. Einmal fuhr eine Polizeistreife vorbei. Wir huschten in einen Hausflur. Mein Herz schlug bis zum Hals. Niemand hatte uns gesehen. Wir liefen rüber zum Schulhof, das Tor war abgesperrt. Der Schlüssel passte nicht. Verdammt. Oben drüber.

»Das schaff ich nicht«, jammerte Tom.

»Wir suchen einen anderen Weg.«

»Rasch an der Mauer des WISO-Traktes vorbei. Über den Rasen bei der Turnhalle!«

»Das gibt Fußabdrücke.«

»Verdammt, also über den Gartenzaun.«

»Das schaffst du, Tom.«

Wir standen vor dem Haupteingang. Schlüssel rein. Nachts verliert man den Respekt und die Ehrfurcht vor Amtsgebäuden. Nachts sind eben alle Katzen grau. Aber die Töne sind lauter. Die Tür quietschte, ein Höllenlärm. Wir erschraken. Leo, der Pfadfinder vom Stamme der Puma, sagte: »Abwarten.« Es kam niemand. Wir gingen hinein, schlossen von innen ab und stiegen die Treppen hinauf in den Naturwissenschaftlichen Trakt, schlichen über den Flur. Wie harmlos wirkte unsere Schule! Wir packten die Sprühdosen aus.

»Hier werden die Napalmhersteller von morgen ausgebildet!« rief Tom und begann quer über die Wand des Physikarbeitsraumes zu sprühen.

Ein Stockwerk tiefer hieß es: »Erkennt das Chemiebuch als politisches Buch!«

Wir schlichen den Gang entlang, wo die Kunst- und Musikräume lagen. Über die ganze Wand, meterlang, sprühten wir den Satz:

»Schöne Bilder und Musik helfen den Kindern in Vietnam nicht.«

Jetzt durften wir keinen Fehler machen und wollten den Rückzug antreten. Noch ein Blick auf unsere Kunstwerke – wir waren stolz. Leo grinste, fast hätten wir uns noch eine Kippe angesteckt. Ich deutete auf den Rauchmelder.

»Wir sollten eine falsche Fährte legen«, murmelte Tom.

Wir würden im ersten Stock ein Fenster aufsperren, damit es so aussähe, als wären die Eindringlinge ohne Schlüssel hereingekommen. Ich drehte den Fenstergriff. Es knarrte durch das ganze Treppenhaus, ein fürchterlicher Lärm. Wir warteten wieder, aber nichts geschah. Niemand hatte uns bemerkt. Kapuzen hoch und über den Schulhof, dann saßen wir im Auto, überglücklich. Ja, wir hatten es geschafft. Wir rauchten endlich eine Zigarette, Tom raste durch die Nacht nach Hause, und morgen würden wir ausgeschlafen zum Unterricht erscheinen.

Ich stand früh auf. Meine Tante hatte mir Kaffee gekocht und ein Brot geschmiert. Sie schaute mir misstrauisch ins Gesicht.

»Wann bist du nach Hause gekommen?«

»Mit dem letzten Zug.« Ich fühlte mich elend.

Sie schaute mich mit traurigen Augen an, fragte aber nicht weiter. Ich schlang das Brot hinunter, kippte den Kaffee hinterher, lief zum Bahnhof, stolperte über den Bahnsteig und fiel ins Abteil. Ein wenig Schlaf noch und sich auf die Fragen einstellen, falls man uns verhören würde.

Was ich dann erlebte, damit hatte ich nicht gerechnet. Das Schulgelände war abgeriegelt. Mannschaftswagen mit Polizeischülern standen im Schulhof. Kriminalbeamte liefen umher, und mittendrin stand unser alter Rektor und brüllte durch ein Megafon: »Schließen Sie auf, stellen Sie sich in Zweierreihen, auch die Abiturienten. Alle Schüler werden verhört. Niemand betritt die Unterrichtsräume ohne unsere Erlaubnis.«

Über eintausend Schüler standen so über Stunden hinweg auf dem Schulhof herum. Wir rauchten, scherzten, knufften und schauten uns die Mädels an. Später wurden wir einzeln in die Klassenräume gerufen. Dort saßen der Klassenlehrer und ein Polizist. Sie nahmen unsere Personalien auf und fragten, ob wir ein Alibi für die letzte Nacht hätten. Das fanden wir eher belustigend als einschüchternd. Die meisten Schüler wussten noch gar nicht, was geschehen war. Die Räume blieben versperrt. Ich hätte so gern unsere Kunstwerke gesehen. Wilde Gerüchte kursierten, es sei versucht worden, die Schule in die Luft zu sprengen oder man habe den Rektor entführen wollen. Niemand sprach über unsere Parolen. Niemand fluchte über den Krieg in Vietnam. Niemand stand auf und rief: »Halt!« Wir, die nächtlichen Einbrecher, waren doch nicht die Schuldigen! Die Gauner hießen doch Kiesinger und Johnson, Krupp und United Fruit Company.

Wir fluchten. Hätte uns jemand beobachtet, so wären wir gewiss aufgeflogen. Schließlich kam der Rektor zu mir und packte mich am Hemd.

»Du weißt doch was, mein Kleiner. Du bist doch immer dabei!«

Ich schaute ihn mit meinen treuen blauen Augen an und sagte: »Aber bitte, Herr Brabant, ich bin schließlich im CVJM, und unseren Verband gibt es auch in Amerika.«

Da ließ er mich los und wirkte überzeugt.

Damals habe ich Lisa kennengelernt.

III. LISA

Philosophinnen

Lisa hatte uns die ganze Zeit beobachtet. Wir balgten uns auf dem Schulhof, schlugen uns in die Rippen und packten uns zwischen den Beinen. In einer Ecke des Hofs rauchten wir filterlose Zigaretten. Wir redeten viel und taten so, als wüssten wir alles. Uns irritierte nur die Geschichte des Sisyphos und wie Albert Camus sie erzählte. Wir warteten auf das Klingelzeichen und hielten einen Packen Flugblätter in den Händen, die wir verteilen wollten. Ich hatte zufällig am Schulgebäude entlang nach oben geschaut und meinte ihr Gesicht hinter der Fensterscheibe entdeckt zu haben.

»Die haben heute eine Doppelstunde Griechisch, unsere Humanistinnen«, sagte Leo und stieß mir in die Rippen. Wir waren uns einig, die Mädchen aus dem altsprachlichen Zweig hielten sich schon seit der Sexta für etwas Besonderes. Sie waren strebsam, angepasst und fühlten sich als Philosophinnen.

»Die halten uns alle für schwul.«

»Stimmt doch auch. Wollen wir mit den Frauen was zu tun haben?«

Man vergisst solche Sätze später, weil sie einem peinlich sind, aber Lisa behauptete steif und stur, sie hätte sie aus meinem Munde gehört. Waren wir Sozialisten etwa nicht für die Gleichheit der Geschlechter? Sie saß da oben im dritten Stock und hatte zwei Stunden Griechischunterricht vor sich. Obwohl sie zu Hause alle Vokabeln gelernt hatte, gelang es ihr nicht, Homers fünften Gesang zu verstehen. Alles war weit weg. Rike, ihre beste Freundin, flüsterte ihr die Übersetzung zu. Fräulein Strahl merkte nichts. Sie merkte nie etwas. Sie hatte kein Gespür für die Gefühle junger Mädchen.

Zunächst hatten wir gedacht, es wäre für sie eine Beleidigung, in ihrem Alter mit Fräulein angesprochen zu werden. Wir hatten sie im Lehrerflur beobachtet, wenn der dicke Müller an ihr vorbeiging und süffisant lächelte: »Guten Morgen, Fräulein Dr. Strahl.«

»Guten Morgen, Herr Kollege Müller.«

Klein machen wollte er sie, dieser Müller, der, wie wir alle wussten, durch sein Doktorexamen gerasselt war und uns noch immer dafür leiden ließ.

Rike und Lisa hatten demonstrativ und ganz auf der Seite ihrer alten Lehrerin mehrmals gegrüßt mit: »Guten Morgen, Frau Strahl.«

Eines Tages drehte sie sich um, ihr Blick war verständnislos, sie verbesserte die beiden Schülerinnen barsch.

»Fräulein, meine Damen, Fräulein Strahl, ich bin keine Frau.«

Lisa und Rike standen fassungslos auf dem Schulhof und nickten verstört.

Die beiden galten als unzertrennlich. Kamen sie gemeinsam vom Bahnhof, fiel mir ihre unerklärliche Ruhe auf. Aber Lisa war auch neugierig, vielleicht sogar gierig, wenn sie uns Jungs auf dem Schulhof zusah. Natürlich kannte ich Lisa längst. Wir kannten uns alle vom Bahnhof, wenn die Züge einfuhren und wir auf die Bahnsteige hinausstürmten, durch die Unterführung hindurch und dann in die Bahnhofshalle, noch schnell eine Zigarette rauchten, dicht aneinandergedrängt standen, so dass wir die Körper der anderen rochen. Jungs und Mädels riechen gut, wenn sie jung sind. Daran ändern Zigaretten und durchgemachte Nächte nichts. Jeden Morgen standen wir Fahrschüler beieinander und tuschelten, lachten, knufften, fassten uns wie zufällig an, führten dunkle Zigaretten an den Mund und taten so, als trügen wir den Existenzialismus in unseren Mundwinkeln spazieren.

»Danke Lisa«, sagte Fräulein Strahl und erst jetzt merkte Lisa, dass sie am Ende des fünften Gesanges der Odyssee angekommen waren.

Es klingelte, gleich würde sie auf den Schulhof kommen, dem Kreidegeruch entfliehen und natürlich mir entgegenlaufen. Wem sonst? Ich warte auf dich, meine Königin.

»Magst du ein Flugblatt?« fragte ich unschuldig und blickte auf eine kleine, schlecht verheilte Narbe an ihrem Kinn.

Natürlich wollte sie eines, aber sie ließ es sich nicht anmerken. Ich war enttäuscht. Ich hatte in den letzten Stunden an nichts anderes gedacht, nur an Lisa und vielleicht auch an das Flugblatt und an ihre Augen, aber nicht an Vietnam. Sie ist schön, dachte ich und bin, glaube ich, danach rot geworden. Dann nahm sie mein Flugblatt.

»Ja, danke«, sagte sie, und ich höre es bis heute, dieses Danke, das wie ein bedingungsloses Ja klang. Lisa nahm das Flugblatt und ging, drehte sich noch einmal um, noch einmal sahen wir uns an.

Willst du mit mir gehen, hätte ich ihr am liebsten zugerufen, aber dann stellte ich mir vor, wie sich das anhören würde und wie der Schülerchor schallend lachte. Willst du mit mir gehen?

»Man muss lieben, bis es wehtut«, hat Mutter Teresa in einem Brief an Ho Chi Minh geschrieben. Er hatte sich dafür entschieden, ohne körperliche Liebe auszukommen. Er liest den Brief laut vor sich hin, so wie es alle Mönche tun.

Über dem Himmel von Vietnam haben die Bomber vom Typ B-52 ihre Ziele abgesteckt. Lisa geht zum Bahnhof. Ihr bleibt keine Zeit, noch einmal zurückzugehen, um zu sagen, dass sie in mich verliebt ist. Jetzt bin ich dran, ich muss ihr meine Liebe erklären.

Lisa wartet. Lisa ist geduldig. Sie wartet auf einen Anruf. Sie liegt in ihrem Zimmer, sie träumt, auf ihrem Bett liegend. Sie weiß nicht, was der Junge aus der Schule mit dem Mann ihrer Träume zu tun hat. Jetzt ist er weit weg. Lisas Mutter sitzt in ihrem Arbeitszimmer und korrigiert Klassenarbeiten. Sie zensiert Schulhefte, sie ist streng. Lisas Vater ist im Garten und jätet Unkraut. Lisa führt ihre Hand an die Scham. Lisa träumt und streichelt sich sanft in den Schlaf. Vielleicht liebt Lisa heute Nachmittag den Schüler Menz.

Ein neuer Tag. Der Bahnhof war voller Schüler. Ich stand neben dem Hauptausgang. Rike kam aus der Unterführung, Lisa folgte ihr. Sie hatten Zigaretten im Mund und die Schultaschen locker über die Schulter geworfen. Sie trugen bunte Bänder im Haar, wie auf dem Weg zur Hochzeit hatten sie sich geschmückt. Übermorgen ist Sonntag. Sonntags steht Rikes Vater auf der Kanzel und spricht vom lieben Gott.

»Rike, ich glaube, ich mag den Typ. Obwohl er jünger ist, aber ich bin aufgeregt, wenn ich ihn sehe.« Rike lachte. Sie lachten um die Wette. Die jungen Hunde waren da.

»Hey, ich habe auf dich gewartet. Wir sehn uns!« rief ich ihr zu.

Aber das war ihr zu wenig. Lisa wandte sich ab.

»Wir sehn uns«, rief ich ihr noch einmal zu, »nach der Schule im Park.«

Ich wartete auf Lisa. Dann kamen die beiden Unzertrennlichen. Rike sagte Lisa Lebwohl.

»Tschüss, Rike, bis morgen.«

Wir gingen durch die Stadt. Ich hätte sie so gern angefasst.

»Warst du das?« fragt sie mich.

»Was war ich?« fragte ich zurück und wusste, dass sie den nächtlichen Einbruch in die Schule und die an die Wände gesprühten Sprüche meinte. »Schöne Bilder und Musik helfen den Kindern in Vietnam nicht!« Am liebsten hätte ich Lisa zugerufen: Ja, ich war das. Ich bin dein Held. Aber ich blieb still. Die Aufregung an der Schule hatte sich noch immer nicht gelegt – wer stand auf wessen Seite? –, und mir fehlte der Mut, ihr zu sagen, ich war das, wir waren das, wir von der Gruppe Ho Chi Minh.

Es kam mir vor, als gingen wir Hunderte von Kilometern nebeneinanderher. Sie hatte grüne Augen und diese kleine Narbe. Mehr sah ich nicht.

»Bringst du mich zum Bahnhof?« fragte ich.

»Ich muss auch nach Hause, sonst gibt es Ärger mit meinen Eltern«, antwortete sie.

»Aber du bist doch schon siebzehn.«

Ich hörte mich sprechen, und es begann quälend zu werden. Die Liebe ist eine Qual. Ich wusste nicht, wohin mit ihr, und vor allem nicht, wohin mit mir selbst.

Es ist Morgen, und es ist noch ganz still. Ho hat in der Nacht wenig geschlafen. Er hört die Vögel singen, und der Himmel ist frei. Keine Wolken, keine Flugzeuge.

Einmal hatte Ho, als er noch in New York lebte und Tellerwäscher war, sich nach einem jungen Mädchen umgesehen. Sie war ihm in der 48. Straße begegnet. Sie war hübsch und etwas größer als er. Ho war hilflos. Ein kleiner Mann aus Asien im großen New York. Er drehte sich um, und im gleichen Augenblick trafen sich ihre Blicke. Sie kam zurück, blieb stehen und wartete. Sie trafen sich immer wieder am Hafen. Es war immer samstags, nicht weit von den Theatern und Musicalhäusern entfernt. Gern hätte Ho solch eine Veranstaltung besucht. Die Tickets waren teuer. Sonntags gingen sie spazieren, einmal fuhren sie mit einer Fähre zur Freiheitsstatue hinaus.

Hier waren sie alle angekommen. Alle Amerikaner waren einmal Einwanderer. Das Mädchen Lin und der Mann Ho aßen Eis und tranken Cola. Ho hätte ihr gern seine Liebe gestanden. Jeden Tag, wenn sie sich sahen, nahm er es sich fest vor, diesen einen Satz, den berühmtesten aller Sätze, zu sagen. Aber wie sagt man »Ich liebe dich«? Beiläufig beim Spazierengehen? Man bleibt stehen und sieht sich an? Wenn man im Lokal sitzt und die Teetasse hebt? Wenn sie stolpert und man sie auffängt? Immer wieder überlegte der kleine Mann aus dem fernen Vietnam, wie er einer kleinen Frau aus Japan seine Liebe gestehen könnte. Immer fielen ihm Gründe ein, warum sie entsetzt aufspringen und ihm sagen würde, dass alles aus sei, dass man sich nie wiedersehen werde, dass einer in Japan auf sie warte, dass es nicht ginge zwischen einem aus Vietnam und einer aus Japan. So verschob Ho Chi Minh aus Hanoi sein Liebesgeständnis von Begegnung zu Begegnung, erforschte sich und die kleine Japanerin und wiegte sich in der Sicherheit, Zeit zu haben, jung zu sein, sie immer wieder neu treffen zu können. Und so verlor er all seine Leichtigkeit, wurde still und stiller, klein und kleiner, bis Frau Lin aus Osaka einfach nicht mehr kam. Ho wartete am Hafen. Eine Viertelstunde und länger, einen ganzen Tag und viele Tage, eine Woche und viele Monate, aber sie kam nicht mehr. Jeden Tag, wenn seine Teller gewaschen waren und Ikun ihn ablöste, eilte er durch die Stadt und suchte sie, aber er fand sie nicht mehr. Er hatte seine Zeit verpasst. Er hatte nicht bemerkt, wann es vorbei war.

Wenn Ho aus dem Fenster schaut und den Garten des Palastes sieht, denkt er gern an Frau Lin, und es ist ihm, als sei sie zeitlebens seine Gefährtin gewesen, seine erste und einzige Liebe. Ho Chi Minh, der Präsident von Nordvietnam, ist in jungen Jahren Witwer geworden. Jetzt schenkt er seine Liebe der Sache, die eine Sache für die ganze Menschheit ist. Sein Blick schweift über den Gartenzaun zu den Kindern, die zur Schule gehen, und Lisas Zug verlässt den Bahnhof.

Ich blieb allein zurück, verspürte Hunger und kaufte mir Pommes frites mit Ketchup und Mayonnaise.

Herr Ho schenkt sich eine Tasse grünen Tee ein.

Lisa stochert in ihrem Essen herum, sie geht in ihr Zimmer, lernt Vokabeln, will Vokabeln lernen, sie kann sich nicht konzentrieren. Sie wartet und weiß nicht, auf wen. Sie will mit Rike sprechen, aber sie fürchtet die Stimme am Telefon, diese warme, sanfte, verlogene Stimme von Pfarrer Sahm.

»Warte, Lisa«, hatte er gesagt. »Ich helfe Lisa, die Matratzen vom Dachboden holen«, hatte er nach unten gerufen. »Ist in Ordnung«, rief seine Frau. Er und Lisa waren die Leiter hinaufgestiegen, als ihr der Mann zwischen die Schenkel griff. Hart, brutal und schmerzhaft. Das Mädchen schwieg. Was sollte es sagen?

»Pfarrer Sahm«, hört Lisa ihn schnaufen.

»Ist Rike da?«

»Tag, Lisa, geht's dir gut?«

Als sei nichts geschehen, als könnte man diesen Griff zwischen ihre Beine vergessen machen.

»Rike ist nicht, da … ich dachte …«

»Okay, tschüss«, sagt Lisa und wird nicht mehr bei Rike anrufen.

»Ich gehe schwimmen, Mama.« Lisa läuft durchs Dorf ins neue Hallenbad. Alle Dörfer haben jetzt ein Hallenbad und ein Dorfgemeinschaftshaus. Ganz Hessen ist neu. Lisa sieht sich im Spiegel in der Umkleidekabine, sie entdeckt die kleine Meerjungfrau, die ihre Flossen abgelegt und Beine bekommen hat, und daran sind zarte, helle Füße mit langen Zehen. Irgendetwas schmerzt bei diesem Anblick; was es ist, weiß sie nicht. Auch nicht, ob es einen Prinzen gibt, zu dem zu laufen sich lohnt. Sie sieht ihre langen schwarzen Locken und freut sich auf morgen. Sie wird ihr Haar mit roten Bändern schmücken. Alle sollen sie sehen, wenn sie am Bahnhof steht und auf ihn wartet. Morgen trägt sie ein rotes Band und übermorgen ein blaues, so blau wie seine Augen.

Lisa springt ins Wasser. Sie taucht tief und hält die Luft an. So nah am Leben, ganz nah am Tod. Lisa schwimmt und schwimmt sich alle Gedanken aus dem Kopf. Sie hört die Leute aus dem Dorf schwätzen. Hier wird geschwätzt und gebabbelt, das rollende R ist wie ein Gewitter. Alte Frauen gackern und lachen, sie betrachten Lisa und erinnern sich an ihre erste Liebe. Die Männer sind im Krieg geblieben. Manchmal gab es einen Fremdarbeiter. Dann kamen die Amerikaner, endlich. Hübsche Kerle. Schwarze Kerle. Lisas Vater hat im Krieg einen Arm verloren, aber er spricht nicht darüber, was genau geschehen ist. Was für ein Mann ist mein Vater, fragt Lisa. Ist er ein Mörder oder ein Opfer? Als sie nach Hause kommt mit nassem Haar, steht ihr Vater im Flur, den Telefonhörer zwischen Schulter und Hals geklemmt.

»War für dich, der Anruf.«

»War es Rike?«

»Nein, ein Mann.« Und dann schiebt er noch hinterher: »Ein junger Mann, der dich und vermutlich nur dich sprechen wollte.«

Lisas Herz schlägt höher. Sie hört die Stimme ihres Vaters und schaut in sein altes Gesicht. Seine Augen sind zusammengekniffen, wie ein Schutz, damit man seine Gefühle darin nicht erkennen kann. Der linke Mundwinkel ist heruntergezogen – ein Zeichen der Abwertung? Es ist Trauer. Er hat Angst, sie zu verlieren, und er weiß, er hat sie schon verloren. Sie versucht, freundlich zu sein, noch ist nichts entschieden. Aber ein Vater mit nur einem Arm hat schon viel, zu viel verloren.

»Pa, Danke.« Sie lächelt ihn an. Nichts kommt zurück.

Später wird Lisa die Kilometer zählen, die sie mit mir durch die Stadt gelaufen ist, durch den Schlosspark und wieder zurück. Manchmal hat sie etwas von ihrem Vater erzählt. Damit konnte ich nicht dienen. Zu weit weg war er mir, mein Vater. Mein Onkel, der Bundeswehrsoldat, war mir nicht einmal eine Episode wert. So habe ich über die Revolution erzählt und die Liebe gemeint. Irgendwann wird die Welt anders aussehen. Schuhe aus Haifischleder werden gebastelt, die halten zwanzig Jahre, Glühbirnen werden produziert, die nie erneuert werden müssen, und wir leben in einer Welt, in der alle versorgt sein werden und alle Zeit für sich und füreinander haben. »Die Welt im Sozialismus ist freundlich und bunt«, habe ich zu Lisa gesagt, und dann habe ich sie endlich geküsst. Irgendwo, im Lande Nirgendwo, habe ich sie endlich in den Arm genommen. Sie war warm, ihre Zunge war weich, sie roch wie Milch und Honig. Es war vollbracht. Danach habe ich erst einmal eine Zigarette geraucht. Lisa wollte nie mehr so viele Kilometer, so viele Tage und Wochen einem einzigen Kuss hinterherlaufen.

»Du küsst gut«, sagte sie.

»Hast du Vergleiche?« fragte ich, und Lisa schwieg.

Du küsst wie eine Fee, dachte ich.

Lisa blieb nun immer öfter von zu Hause weg, aber nie durfte sie über Nacht fernbleiben. Wir ließen keine Fete aus und verzogen uns, wo immer es ging, in die Hinterzimmer, in die verwaisten Schlafzimmer der Eltern.

Die Schule war mir unwichtiger denn je, und über viele Tage hinweg sah ich auch meine kleine Schwester nicht. Ich hatte die Liebe im Kopf und nicht die Revolution. An die Stelle meiner großen Liebe zu Che Guevara und Onkel Ho trat die große Liebe zu einem Mädchen. Meine Freunde waren eifersüchtig. Nur Leo sagte: »Das ist normal. Kenne ich.« Er wollte mir mein schlechtes Gewissen nehmen.

Als Lisa das erste Mal mit mir in unseren Laden kam, war sie erschrocken. Sie blieb im Türrahmen stehen, und ich dachte: Sie bleibt nicht nur stehen, sie geht, sie flieht zurück und heim in ihr Dorf. Es stank nach Kippen und Alkohol, in der Ecke saß Sam, der sie auch noch »Schätzchen« nannte und in einer Zeitschrift blätterte. Auf dem Cover sah man eine nackte, vollbusige Frau. Da wäre auch ich gern wieder gegangen, aber wir blieben, und Lisa schwieg.

»Ich muss mich an diese Jungs gewöhnen, die auf dem Schulhof schnell und flink erscheinen, aber in ihrem Laden wie melancholische Wölfe abhängen«, sagte Lisa später zu Rike.

»Ich muss mich an die Jungs gewöhnen, wenn ich dich nicht verlieren will«, schrieb sie mir in einem Brief.

»Du verlierst mich nicht, eher hau ich ab mit dir«, antwortete ich.

Lieder von Víctor Jara kamen vom Plattenspieler. Tilly legte unentwegt Jara und Biermann auf. Im Regal standen Bücher von Wilhelm Reich, »Der sexuelle Kampf der Jugend« und »Psychoanalyse und Dialektischer Materialismus«. Reich war am Ende seines Lebens in den USA in eine psychiatrische Anstalt eingeliefert worden. Man hatte ihn aus der KPD und der Psychoanalytischen Vereinigung ausgeschlossen. Uns faszinierte dieser Verlierer.

»Wir sind hier wie in Cuba, nur ohne die Lebensmittellieferungen aus der großen Sowjetunion. Wir sind Insulaner, schutzlose Eingeborene, die darauf warten, verraten zu werden.« Tom redete auf Lisa ein und soff dabei.

»Wann wird ein Mensch zum Opfer?« schrie er in die große Runde, und wir schwiegen.

Am späten Abend brachte ich Lisa zu ihrem Zug und rannte durch die Unterführung, um mit dem anderen Zug in mein Dorf zu kommen. Ich saß im Abteil und kam mir vor, als führe ich in eine Vorstadt von New York. Ich fragte mich, wie Wilhelm Reich all die Demütigungen hatte ertragen können. Ob einem die Psychoanalyse dabei half? In Reichs Schriften über die Massenpsychologie des Faschismus lagen die Wahrheiten. Ich verstand sie nur nicht, ich quälte mich durch diese Bücher und resignierte auf Seite 23. Der CIA hatte die Forschungen von Reich beschlagnahmt. Er musste etwas gewusst haben. Es war so schwer, das alles zu verstehen.

Still und dunkel lag die kleine Bahnstation vor mir. Der Zug hielt. Ich hatte keine Lust, nach Hause zu gehen, lief durch die Nacht, bis ich das Haus meines Großvaters sah. Der alte Mann würde längst schlafen, aber es brannte ein Licht. Ich musste klingeln. Niemand öffnete mir. Ich wartete, klingelte noch einmal, dann erschien das Gesicht meines Onkels hinter der Gardine. Er ließ mich warten, zeigte mir, wer hier die Schlüsselgewalt hatte. Noch einmal musste ich klingeln. Das Fenster öffnete sich, ich sah seine dumpfen Augen. Stumm schaute er mich von oben an, warf mir, nicht ohne noch einmal zu zögern, den Haustürschlüssel herunter.

»Wo kommst du jetzt erst her?« raunzte er mich an. Still, ohne ein Wort, ging ich an ihm vorüber.

In meinem Bett dachte ich an Lisa.

Lisas Vater sitzt im Wohnzimmer und raucht seine Pfeife. Er ruft nach ihr, »Kleine« nennt er sie, das klingt versöhnlich, aber Lisa ist schon lange nicht mehr klein.

Sie ist eine Frau, sie ist meine Frau. Warum machen es die Väter ihren Töchtern so schwer? Was ist mit diesen Eltern, die aus dem Krieg gekommen sind und nicht darüber sprechen, die uns alle behandeln wie kleine Kinder, als seien wir unfähig zu begreifen, was sie erlebt und woran sie schuldig geworden sind.

»Setz dich zu mir.«

»Papa, ich bin müde.«

Mit seiner einen Hand hält er die Pfeife fest. Er hat bezahlt im Krieg, das lässt er sie spüren.

»Ich will es dir nicht schwer machen«, so fängt er an. Lisa stöhnt.

»Ich möchte mich entschuldigen, weil ich hinter dir herspioniert habe. Es fällt so schwer, die Tochter loszulassen ... Geh ruhig ins Bett ...«

Lisa springt auf und küsst den alten Mann. Lisa ist glücklich.

»Gute Nacht, Papa.«

Am nächsten Morgen bereitet ihre Mutter ihr das Frühstück zu. Es riecht nach schlechter Laune. Mit Müttern können Töchter nicht über die Liebe reden. Damals nicht. Es ist, als hielten die Mütter den Töchtern all die Versäumnisse, die verlorenen Jahre vor, unter denen sie leiden.

»Hallo Mama, ich kenne den Krieg doch nicht.«

Die Mutter schweigt.

»Mama, du weißt, ich fahre für zwei Tage weg.«

»Wie bitte? Davon hör ich zum ersten Mal. Ich bin nicht wie dein Vater, der sich aus der Verantwortung stiehlt.«

»Aber ich habe mit dir darüber gesprochen.«

»Nix da, du kommst nach Hause.«

»Mama, ich bin siebzehn Jahre alt.«

Lisa rennt davon. Lisa läuft zum Bahnhof, sie heult und ist froh, weil sie mit ihrem Freund ein paar Tage unterwegs sein wird.

Ich hatte wieder auf sie gewartet. Wir ließen die anderen Schüler an uns vorbeiziehen. Rike grinste mich an.

Ich hielt Lisas Hand fest in meinen Händen und führte sie um den Bahnhof herum. Eine Schuppentür stand offen, und wir kauerten uns auf den Boden, küssten uns.

»Ich freu mich so auf dich.«

»Manchmal könnte ich auch ohne die ganzen Genossen mit dir zusammen sein.«

Der Satz war meine erste wirkliche Liebeserklärung. Wir blieben eine Stunde so sitzen, und sie streichelte mich, dann beugte sie sich über mich und küsste mein Augenlid.

»Das sind Schmetterlingsküsse«, sagte sie. »Pass auf dich auf, mein kleiner Selbstmörder.«

Ich erschrak. Wovon sprach sie, was wusste sie über mich? Mir wurde schlecht, mir schwindelte.

»Was sagst du da für merkwürdige Sachen? Was meinst du?«

Nichts wusste sie von meinem Vater, nichts konnte sie wissen, sie hatte nur Angst um mich, sprach von meiner Verletzlichkeit, die sie meinte beobachtet zu haben.

»Dann ist es ja gut.« Irgendwann würde ich Lisa alles sagen können, was mich bedrückte, fast alles. »Komm, wir müssen gehen. Du hast Griechisch, und ich kann nicht schon wieder fehlen. Danach haben wir zwei Tage für uns.«

Nach der Schule holte uns Kalle mit seinem R4 ab, und wir fuhren in die Jugendherberge, ein altes Haus auf einem Hügel über der Stadt. Eine dicke Herbergsmutter hatte das Sagen. Es gab Eintopf, und die roten Fahnen durften wir an die Wand hängen. Lisa saß bei den anderen Mädchen. Das war schrecklich, und ich ging zu meinen Genossen.

Eine Tagesordnung wurde erstellt, einer wurde ausgeguckt, um mitzuschreiben, ein anderer, der die Diskussion führen sollte. Die Frage, wohin es geht mit der Revolution, war die Frage, wohin geht es mit uns und mit dem Leben überhaupt. Das kleine Schiff Utopia fliegt – wer setzt die Segel und wer den Mast, und ist die Fahne rot? Wie viel Zeit haben wir, wird der Mensch zuerst und dann die Gesellschaft oder erst die Gesellschaft und dann der Mensch verändert, oder wird die Dialektik alles verändern? Es wurde einem fast schwindlig. Was war das überhaupt, die neue Art zu denken, und wie sah das Verhältnis von Theorie und Praxis aus, und was waren die Interessen, nach denen man sich organisieren sollte und nicht nach den Köpfen, die alles bestimmen. In der Jugendherberge von Wetzlar, der Stadt des Selbstmörders Werther, tagte eine bunte Gruppe junger Menschen. Mal bezog sich der eine und auch die andere auf Rosa Luxemburg und positionierte sich gegen Lenin, mal auf Trotzki und für Che, auch auf Jesus, aber der Mann aus Nazareth wurde bei uns immer blasser, und dann kam schon die Nacht.

Ho Chi Minh kommt zurück von einer Parteiversammlung und ist ratlos, ob man schon jetzt an eine weitere Offensive denken soll. Er ist sich nicht sicher, ob er wirklich die Unterstützung der chinesischen Regierung bekommen wird. Ho Chi Minh erinnert sich des Überfalls der Chinesen auf Tibet. Er ist mit sich nicht im Reinen, denn eigentlich hätte er hier eine klare Position gegen die Okkupation beziehen müssen. Niemals heiligt der Zweck die Mittel. Da denkt er anders als Mao Tse-tung. Davon schweigt Radio Peking. Ho ist kalt. Er nimmt sich eine zweite Decke mit ins Bett und legt sie über sich.

Wir waren gebeutelte Indianer, die den Alkohol als Verstärker ihrer Traurigkeiten brauchten und darin zu ertrinken drohten. Kalle hatte Lisa den Tabak gegeben und dabei ihre Hand berührt, wie zufällig, aber doch einen Moment zu lange. Ich sah es ganz genau, als ich aus meiner Bierflasche trank. Ich misstraute Kalle.

»Ich bin halt kein Intellektueller wie dein Freund, ich bin ein Arbeiter«, flüsterte er Lisa ins Ohr.

Aha, das also war seine Tour, sein Trick bestand darin, die Frauen mitleidig werden zu lassen und dann ab ins Bett. Der arme Arbeiter, die junge Schülerin und der vergeistigte Revolutionär. Ich kochte, ich war sauer. Die beiden rauchten, und ich ging in die Nacht. Edgar hatte den Plattenspieler mitgebracht und legte die neue Beatlesplatte auf.

»Mensch, das ist das Weiße Album.«

Ich sah alles von draußen durch das Fenster und rauchte eine Zigarette nach der anderen. Mir war schlecht. Lisa ging auf die Tanzfläche, Kalle hinterher und fasste an ihre Schulter, dann an die Hüfte. »Revolution Number 9«. Irgendwann folgte »Rocky Racoon«. Jetzt konnte mich nichts und niemand mehr halten. Das war mein Stichwort: Rocky Racoon checked into his room, only to find Gideons Bible.

Ich ging in diese verdammte Jugendherberge, die nach Bohnerwachs roch, und schlug Kalle meine Faust in die Magenkuhle. Lisa gehörte mir und sonst niemandem.

»Verstanden? Meine Braut«, sagte ich stolz.

»Meine Braut«, sagte Sam, der gerade zur Tür hereinkam und uns ein Mädchen vorstellen wollte. Das war wie verabredet und wie das Stichwort aus einer schlechten Komödie. Wir mussten lachen.

Kalle rannte zu seinem Auto und fuhr davon. Lisa legte mir ihren Arm um die Schulter, drückte mich an sich, und dann hörten wir uns das Weiße Album von den Beatles an.

Ich sprang in die Mitte des Raumes und tanzte wie in Bär, wie ein »Street Fighting Man«, wie ein junger Hund. Lisa sah mir zu und ich konnte mir nicht vorstellen, irgendwann einmal ohne sie zu sein.

Die Nacht kam, und die Geschlechtertrennung der deutschen Jugendherbergen galt. So war das, und wir verkrochen uns brav in die Jungenzimmer und Mädchenzimmer im dritten Stock. Hier war die Machtfrage geklärt, da gab es nichts zu entscheiden. Sie lag bei der Herbergsmutter, und zwar die ganze Nacht.

Am Morgen weckte uns die dicke Frau mit einem Glockenschlag. Es gab feuchtes Brot und Zwetschgenmus, und es roch nach Muckefuck. Kinder auf der Klassenfahrt zur großen Revolution.

Danach hatten wir Plenum. Es wurde auch beschlossen, dass Paul mit Kalle reden und die Dinge klären sollte, aber Kalle blieb verschwunden.

Nach dem Mittagessen gab es ein Fußballspiel: die »Anarchisten« gegen die »Leninisten«. Die Anarchisten sollten gewinnen, das hatten wir vorher ausgemacht als Wiedergutmachung für die Anarchisten, die die historischen Verlierer waren von Moskau bis Barcelona, von London bis Mexiko.

Ich war ein schlechter Spieler, aber Lisa sah zu, und das war mir nicht einerlei. Wenn Tom sonst auf mich zustürmte, kniff ich meine Augen zu und ließ vom Ball ab, bevor der Kampf überhaupt begann. Alle Männer wollen gewinnen, und wenn Frauen anwesend sind, sowieso. Also Augen zu und durch. Und ich verriet meinen Freund Tom und gab ihm eins gegen das Schienbein.

Nach dem Fußballspiel wurden die Tische wieder in einen Halbkreis gestellt, und die große Runde ging weiter. Gösta wollte den AUSS in AUSSUA umbenennen, das sollte heißen »Aktionszentrum Unabhängiger Sozialistischer Schüler und Arbeiter«. Die Organisation habe eine neue Qualität bekommen, man habe den isolierten Schülerkreis verlassen. An den Diskussionen um die Namensgebung beteiligte ich mich kaum, hätte aber für meinen Teil am liebsten Kalle wegen unsozialistischen Benehmens aus der Gruppe ausgeschlossen. Aber da wir kein deutscher Verein und keine dogmatische Partei sein wollten, verzichtete ich auf einen Antrag. Kurz vor Ende der Debatte erschien eine Delegation des »Hessenkollegs«, die uns als »befreundete Genossinnen und Genossen« hier in Wetzlar begrüßen wollte. Ihr Wortführer hieß Claus. Er war ganz existenzialistisch schwarz in schwarz gekleidet und roch nach herbem Parfum. Er sei von der Gruppe Wilhelm Reich. Während wir Jungs müde in den Ecken saßen, Kippen drehten, an Bier und Rotwein dachten, sprach Claus über die »Sexpol-Bewegung«, eine Gruppe jugendlicher Arbeiter, die schon in der Weimarer Republik Sexualität und Politik miteinander verbinden wollten. Das machte Eindruck auf unsere Mädchen. Wir Jungs gingen sofort in Kampfstellung, als müsste man das Rudel verteidigen.

»Wie viele seid ihr?«

»Das kann man schwer sagen, so sieben bis fünfzehn.«

»Und was ist euer Hauptbetätigungsfeld?«

»Die sexuelle Revolution«, antwortete Claus, so als spräche er mal eben von der Wetterkarte, als sei das Bedeutende bedeutungslos, und schaute provokativ Rike an. Es war still im Raum, als sei seine Ankündigung auch ein praktisches Programm für die nähere Zukunft. Es war wie die Fortsetzung unserer Indianerspiele: Die Hopis besuchen die Navajos, rauchen Friedenspfeife, und danach wird wieder gekämpft ... oder gevögelt, dachte ich bitter.

Es war Sonntagabend. Wir mussten nach Hause fahren, die roten Fahnen wurden abgehängt, kalter Zigarettenrauch blieb in den Vorhängen.

»Kommt ihr mit in die ›Akro‹?« fragte Claus.

»Was ist das?«

»Unsere linke Kneipe in Wetzlar«, antwortete er. Es klang, als sei das Lokal bereits in Volkseigentum überführt. Lisa, Rike, Christa, Tom, Ede und ich wollten unbedingt noch mitkommen. Also zogen wir los.

Die »Akro« in Wetzlar war wie ein Schlauch hintereinandergehängter kleiner Zimmer, eng und verraucht. Sie war voller Gäste, quatschende, träumende, trinkende, qualmende, süchtig suchende, kauende, rezitierende Männer. Auch ein paar junge Frauen waren da. Über der hoffnungslosen Enge lagen nie endende Theodorakis-Klänge, denn die Kneipe war nicht nur das Wohnzimmer jungdeutscher Träumer, verirrter Schüler und heimatloser Fixer, sondern auch das Exil alter griechischer Kommunisten. Dazwischen bewegten sich griechische Mütter und Schwestern, vor allem aber Tanten, die die Küche beherrschten und den Gastraum durchschritten, denen keiner widersprach, kein Säufer, kein Zechpreller, kein lauthals verkündender Anarchist und nicht einmal Tom, der besoffen war.

Ich wusste damals nichts über die Geschichte des Kommunismus, dass es Emigranten gab und alte Kommunisten, Sozialisten, Anarchisten. Aber in der »Akro« saßen sie an den Holztischen, unter einem Bild von Theodorakis.

Später kamen wir öfter her. Wenn Tom von dem großen Griechen Panagoulis erzählte und immer noch ein letztes Bier verlangte, rief mitten in das Gebrüll eine der griechischen Tanten ein erlösendes Wort: Schluss! Basta! Dann war Ruhe – für ein, zwei Minuten vielleicht. Die »Akro« war eine große griechische Küche, in der vaterlandslose Gesellen und die Muttersöhnchen, die bald ihr Abitur machen würden, einen Platz fanden, nichts weiter als eine kleine Kneipe in Wetzlar, gleich hinter dem Dom, nicht weit weg von der Polizeistation und dem Haus der Charlotte Buff, der großen Liebe des großen Dichters.

Jetzt aber waren wir zum ersten Mal hier, fühlten uns unsicher und klein, fremd und unbeholfen.

Lisa blickte mir in die Augen, aber ich wollte nicht ablassen von meinen Jungs, nur um für Lisa da zu sein, wollte nicht, am gleichen Tisch mit ihnen sitzend, wegen der Liebe all die klugen Sätze verpassen, mit denen sie unentwegt nach einem schnappten, wenn sie das Gefühl hatten, dass einer von uns sich zu weit vom Rudel entfernte. Leo liebte es, Sätze von Lenin zu zitieren, von denen niemand wusste, ob der Alte sie wirklich gesagt hatte. »Setze den besten Revolutionär auf den Zarenstuhl, und er wird schlimmer als der schlimmste Zar.« Tom entgegnete stets mit Bakunin und nahm die Niederlagen aller Aufstände vorweg, damit wir nicht übermütig wurden. Claus redete von Sex und Politik und ich über Gerechtigkeit, und dabei fochten wir doch alle nur unsere Hahnenkämpfe aus.

Claus klopfte mir auf die Schulter. »Du, ich fahre ein paar Tage weg, und du kannst gern mein Zimmer haben für dich und deine Kleine.« Er grinste, und ich war glücklich. »Kein Problem. Es ist im Hessenkolleg, und du wirfst den Schlüssel einfach in den Briefkasten.«

Als ich später von dem stinkenden Klo zurückkam, sah ich, dass Lisa an einem anderen Tisch Platz genommen hatte.

»Setz dich, Kleene«, hatte ein Typ zu ihr gesagt, den alle Makarios nannten.

»Bin keine Kleene.«

»Setz dich trotzdem.«

Makarios, der Soziologiestudent aus Frankfurt, redete über Nietzsche. Ohne Nietzsche, führte er aus, gäbe es keinen Wagner, und er erzählte, wie dieser Nietzsche eines Tages in Turin in einem Kaffeehaus saß, einsam und verliebt, unerwidert verliebt, traurig und ratlos. Da sah er, wie ein Kutscher auf sein Pferd zuging und die Peitsche hob und fest auf das Pferd einschlug, fester und immer fester. Das Pferd wieherte, heulte auf vor Schmerz, niemand griff ein, niemand rief »halt!« Da rannte Nietzsche auf die Straße, stellte sich schützend vor das Pferd und begann bitterlich zu weinen. Passanten blieben stehen, selbst der erbarmungslose Pferdebesitzer stand sprachlos am Straßenrand. Nietzsche aber konnte nicht mehr aufhören zu weinen, der Philosoph des Übermenschen ertrank im Mitleid, und eine Odyssee durch die Irrenanstalten begann.

»Nietzsche hat sich nicht mehr erholt«, betonte Makarios, zog an seiner Zigarette, schaute Lisa lange an und endete mit dem Satz: »Bis ihn dann seine Mutter und seine Schwester Elisabeth endgültig in die Fänge bekamen.«

Das war mein Stichwort.

»Was machst du da mit ihr?«

Ich war sprungbereit, diese Anmacherei musste ich beenden.

»Wir sprechen von Nietzsche«, sagte Makarios lachend, »nicht von Sex.«

Es war spät, gegen 3 Uhr morgens, als wir die »Akro« verließen. Wir stolperten durch das nächtliche Wetzlar, vorbei am alten Reichskammergericht, wo Goethe gedient und sich später die Wut und die Eifersucht vom Leib geschrieben hatte. Wir sahen in der Ferne die rote Glut der angestochenen Hochöfen, die mitten in der Nacht das geschmolzene Metall ausspuckten. Dunkel lag vor uns die Jugendherberge, die Tür war verschlossen, und wir schlichen ums Haus. In dem kleinen Versammlungsraum brannte noch Licht. Wir klopften gegen die Glasscheiben, der Vorhang wurde zur Seite gezogen, und ich blickte in das verzerrte Gesicht des betrunkenen Kalle. Versöhnung. In die Arme fallen. Männer. Die Arbeiterklasse war noch wach, er zeigte auf Gösta und Sam. Kalle spielte auf seiner Gitarre, bis die Herbergsmutter erschien und der Klassenauseinandersetzung ein abruptes Ende bereitete. Aber ich war sauer und blieb es.

»Kalle will aus der Klassenfrage Kapital schlagen, eigentlich will er dich besitzen«, flüsterte ich Lisa noch zu, bevor sie in das Mädchenzimmer ging, wo wir keinen Zutritt hatten.

Schon beim Frühstück war ich unruhig. Einige waren bereits nach Hause gefahren. Hoffentlich würde Lisa mit mir hierbleiben.

»Ich habe ein Zimmer für eine Nacht, nur für uns«, sagte ich leise zu ihr.

»Aber ich muss nach Hause«, gab sie mir zur Antwort.

»Dann telefonier mit deiner Mutter und frag, ob du bleiben darfst.«

Ich hörte mich selber reden und hörte auch die Ungeduld und die Gier in meiner Stimme. Ich wollte Lisa haben in dieser Nacht. Ich wollte aufhören, immer zurückhaltend zu sein, immer auf die Blicke von Tom oder Gösta zu achten. Er war, als müsste ich mich rechtfertigen für mein Glück, dafür, etwas zu haben, das den anderen fehlte.

Lisa sprang vom Frühstück auf und lief zur Telefonzelle. 80 Pfennig hatte sie, um ihrer Mutter zu erklären, dass die Tagung der Schülervertretung länger dauern würde.

Sie hörte die krächzende Stimme ihres Bruders Ecki. Der kleine Pubertätshai bewachte sie. Ecki war eifersüchtig, ein kleines, zorniges Tier, das mich an eine Eidechse erinnerte; schnell, wenn es warm war, und unendlich unbeweglich am frühen Morgen auf dem Weg zur Schule.

»Gib mir endlich Mama«, raunzte sie ihn an.

»Ja, Lisa, was gibt es?«

Die Königin hört. Die Tochter spricht. Die Tochter soll flehen.

»Mama, ich komme erst morgen, das dauert hier noch länger.«

»Wir möchten, dass du heute kommst.«

»Ich komme morgen, schade, dass du mich nicht verstehst.«

Lisa hängte ein. Von ihrer Mama kam doch der Satz, man müsse kleinen Kindern Wurzeln geben und großen

Kindern Flügel. Und jetzt? Jetzt, wo sie ihre Flügel entdeckte, da verbündete die Mutter sich mit dem Vater.

Lisa weinte, als wir uns an der Telefonzelle trafen.

Es war still auf dem Hügel über der Stadt. Die Jungs und Mädels waren abgereist. Wir beide waren allein zurückgeblieben.

»Was für ein Zimmer hast du bekommen?«

»Von Claus, der muss nach Frankfurt fahren. Da habe ich ihn gefragt, ob wir eine Nacht bei ihm bleiben könnten. Als er zögerte, habe ich ihn auf Wilhelm Reich angesprochen.«

Ich schnitt entsetztlich auf und war stolz wie ein Primaner, grinste wie ein Pirat, als hätte ich ein ganzes Schiff, eine Flotte für uns aufgebracht. Wir liefen durch die Stadt, schleppten unsere Rucksäcke mit uns, beobachteten die Leute, gingen über den Fluss und schauten auf den Wasserfall, der entstand, wo der Fluss ein paar Meter in die Tiefe stürzte. Wir hatten alle Zeit der Welt, und wir hatten eine große Liebe füreinander. Vorbei an all den alten Fachwerkhäusern kamen wir in den Stadtpark, gingen ins Jugendzentrum und spielten Kicker.

Mir war, als spürte sie meine Eifersucht, wenn andere Jungs ihr hinterherschauten. Es machte mich unruhig, aber auch stolz, ein so schönes Mädchen an meiner Seite zu haben. Sie hatte mir ihre Liebe gestanden, nur mir, niemandem sonst auf der Welt.

Es war langweilig im »Haus der Jugend«. Wir tranken einen Tee und rauchten. Im Hintergrund spielte in der Musikbox eine Scheibe der »Stones«, wir hätten hier sitzen bleiben können, aber wir hatten einen Schlüssel, und wir waren neugierig – auf das Zimmer, auf das Bett und auf unsere Körper.

Wir mussten ein Stück des Wegs zurückgehen, auf halber Strecke zur Jugendherberge lag das Hessenkolleg. Wer hier zum Unterricht ging, war älter als wir, hatte schon einen richtigen Beruf gelernt und konnte seine Hochschulreife nachholen. Unter dem Dach waren dreißig Zimmer an Stipendiaten vermietet. Claus hatte die Nummer sieben. Er war eben ein Glückspilz.

Ich schloss auf, wollte durch die Tür, aber dann bat ich Lisa, stehen zu bleiben, schleppte unsere Taschen hinein, kam wieder heraus und nahm sie auf den Arm. Ich trug sie über die Türschwelle. Kaum hatten wir das Bett erreicht, stolperte ich, und wir fielen aufs Bett.

Auf dem Tisch stand eine Flasche Rotwein. Viele Grüße von Claus und viel Spaß. Das war ein bisschen zu viel, Claus ging uns nicht aus dem Kopf. Er hatte die Norm gesetzt, und die hieß Wilhelm Reich. Neben der Flasche Rotwein lag ein Buch von ihm: »Funktion des Orgasmus«. Wir sollten uns also anstrengen. Wir aber waren schüchtern wie Kinder. Ich kannte ihren Körper bis zur Scham, sie kannte meinen kleinen Bauch bis zum Geschlecht. Mir gefiel es, wenn ich ihren zarten, kleinen Busen streicheln durfte und sie sich vorsichtig, forschend, überwältigt von Lust meiner Scham näherte, aber wir hatten nie miteinander geschlafen. Wir lagen auf dem Bett und küssten uns. Ich erzählte von zu Hause, von meinem Großvater und der Mutter in der Klinik und von meinem toten Vater. Wir tranken den Wein, einmal ging ich zur Toilette und wusch mich, roch unter meinen Achselhöhlen, dann ging sie und kam ohne ihre Unterhose zurück. Sie legte sich auf mich, kuschelte sich ein und gab mir einen Schmetterlingskuss. So schliefen wir ein. Wir hatten Angst, und wir dachten, dass wir mehr Zeit füreinander hätten. Aber es wurde Morgen, und wir fuhren nach Hause. Als ich den Zug verließ und sie weiter in ihr Dorf fahren musste, weinte ich und wusste nicht genau, warum.

Nie wieder haben wir die Zeit oder einen Ort gefunden, um miteinander zu schlafen.

Alles roch nach Druckerschwärze. Die Kleinstadt bebte. Das Leben pulsierte. Der Schulhof dampfte. Im Park wurde ordentlich gekifft. Einmal haben Lisa und ich uns in die Augen gesehen, Wochen nach dieser Nacht, und gedacht, wir müssten sterben. Wir saßen auf einer Holzbank unter einer alten Linde. Da schaute sie mir fest in die Augen, so heftig, so tief. Ich spürte meine Lust, dass ich hätte schreien können. Ja, es war ein luftiger Orgasmus, wie nur Liebende ihn haben. Davon stand nichts bei Wilhelm Reich. Später merkte ich, dass meine Hose feucht geworden war. Ich hatte alles, was ich wollte. Was war da noch zu sagen? Darüber schwieg auch Radio Peking. Davon sprach allenfalls der Sexualberater Dr. Sommer in der Springer-Zeitschrift »Bravo«. Aber darüber waren wir längst hinaus.

Die Tage vergingen, die »Rote Schüler- und Lehrlingsfaust« wurde gedruckt und in der Stadt verteilt. Die Schüler rissen uns das Blatt aus den Händen.

Wir triumphierten. Dann wurden Tom und Leo verhaftet und mit auf die Wache genommen. Die Luft brannte, und ich hatte keine Zeit mehr für meine Freundin Lisa. Die Amerikaner ließen sich durch unsere Proteste nicht beeindrucken, die Bombardements nahmen zu, und es hieß, Ho Chi Minh sei sehr schwer krank.

Leo und Tom waren nach ihrer Verhaftung polizeilich vernommen worden. Sie weigerten sich, irgendwelche Aussagen über die nächtliche Sprühaktion zu machen. Tilly und ich hatten Helmut verständigt. Er und Johannes, ein Anwalt aus einer anderen Frankfurter Kanzlei, waren bereit, die Verteidigung zu übernehmen:

1. Keine Aussagen bei der Polizei.
2. Bei jeder Maßnahme nach der Rechtsgrundlage fragen.

3. Vollmachten unterschreiben und nach Frankfurt schicken.

Das waren die drei wichtigsten Lektionen, dic sie uns beibrachten.

Kaum waren Leo und Tom vorerst wieder auf freien Fuß gesetzt, begrüßte der AUSSUA in einem Sonderflugblatt den Mut der beiden Genossen. Es war von Standhaftigkeit die Rede und von kämpferischem Elan. Das klang furchtbar pathetisch, war uns aber aus der kleinen revolutionären Seele gesprochen.

Rike rief Lisa an, täglich berichtete sie ihr, überschlug sich mit Worten, ein Redeschwall, der kaum zu stoppen war.

»Sie liebt dich«, sagte Rike zu mir, »mich aber auch.«

»Geht in Ordnung«, erwiderte ich, »ist doch Kommunismus.«

In der Schule liebte uns niemand. Da standen die Zeichen auf Krieg. Brabant hieß der kalte Krieger. Er war Stalingradkämpfer und hasste alles, was mit Kommunismus zu tun hatte. Er leitete ein Disziplinarverfahren gegen Leo und Tom ein, und die beiden wurden von der Schule suspendiert. Niemand hatte mit einer solchen Reaktion gerechnet. Göbel versuchte zu vermitteln, auch der von uns allen geliebte Vertrauenslehrer setzte sich für die beiden Primaner ein. Aber Brabant blieb hart, hart wie Kruppstahl.

Das war die Stunde des AUSSUA. Es war, als würden alle Lokomotiven anfahren, Rauch wurde ausgestoßen, ein Pfiff ging über die Hügel. In allen Dörfern und den beiden Kreisstädten wurden Flugblätter verteilt, nachts konnte man Gestalten beobachten, die mit Spraydosen Parolen sprühten.

Für Leo und Tom! Brabant muss weg!

Erkennt das Chemiebuch als politisches Buch!

Zunächst erklärten sich nur die Primaner solidarisch.

Hektisches Gerenne über den Schulhof, verunsicherte Lehrer, den Blick nach unten gerichtet, nur niemandem ins Gesicht schauen.

Jetzt wurde der allgemeine Schulstreik ausgerufen.

Als die großen Schulstreiks begannen, lag ich mit einer Grippe im Bett.

Natürlich hatten wir alle Angst, Angst um unsere Noten, Angst vor einem Schulverweis, vor dem Ärger mit den Eltern.

Keiner wusste so recht, gegen welche Gesetze oder Verordnungen wir verstießen und was die Polizei mit uns machen würde, wenn sie uns verhaftete. Vielleicht waren wir schon heimlich fotografiert worden und aufgenommen in geheime Dateien. Gab es Umerziehungslager im Hohen Westerwald?

Noch einmal kam Leben in unsere Schülerbewegung. Der Laden wurde auf den Kopf gestellt, gefegt, geputzt, alles aufgeräumt, als stünde eine Besichtigung durch eine Delegation der Kommunistischen Partei Chinas an. Franco hörte auf zu trinken und verteilte endlich wieder Flugblätter in besonders gefährdeten Zonen, wie er es nannte. Er meinte damit die örtliche Realschule, wo man wusste, dass der Rektor ein Choleriker war und linke Schüler tätlich angegriffen hatte. Der war bei uns unten durch, für alle Zeiten, für so einen gab es nicht einmal ein Umerziehungslager in der Rhön.

»Hau ich dem blöden Rektor eine in de Fresse, wenn er blöde kommt«, sagte Franco und strahlte wie ein Honigkuchenpferd.

Buddy war mittlerweile zu einem richtigen Stadtpenner geworden. Er lebte im Park, hatte einen alten Schlafsack und wollte nie mehr nach Hause gehen. Selbst er nahm sich vor, morgens vor den Fabriken Flugblätter zu verteilen. Wir fühlten uns so, als stünde die Revolution vor der Tür und die Machtergreifung kurz bevor. Wir verteilten

Flugschriften mit der Losung: »Schule den Schülern, die Fabriken den Arbeitern.«

Nur morgens, wenn wir um sechs vor den Fabriken standen, müde, verwuschelt und kaum gewaschen, ernüchterte uns die Welt. Dann kamen die proletarisierten Bauern aus den Dörfern des Westerwaldes ins Tal geeilt. Was waren das für Kinder, die ihnen die Welt erklären wollten? Sollten ihre Söhne und ihre Töchter ihnen jetzt Vorschriften machen? Wer hatte denn den Laden wieder aufgebaut? Wollten ihnen diese jungen Schnösel etwas von Arbeit erzählen? Mussten die einen an die Nazi-Zeit erinnern, an eine Arbeiterbewegung, die die Nazis erfolgreich vernichtet hatten? Es waren traurige Momente, morgens vor den Fabriken.

»Lasst euch mal die Haare schneiden«, waren die harmlosen Sprüche, die wir uns anhören mussten. Wir konnten es auch härter haben: »Euch sollte man alle vergasen!« Das war nicht die Ausnahme, das war die Regel.

Als ich wieder gesund vor dem Fabriktor stand, sah ich traurige Revolutionäre, die nicht mehr so optimistisch von der Revolution träumten. Es ist ein langer Weg, und ob er durch die Institutionen oder über die Hügel des Westerwaldes führen würde, war noch nicht ausgemacht.

»Ich kann mir nicht mehr vorstellen, dass wir eines Tages gewinnen werden. Heute Morgen hat sich einer umgedreht und Tilly mit seinen Stahlkappenschuhen in den Hintern getreten«, schilderte Leo mir die Lage der Arbeiterklasse am Fuße des Westerwaldes. »Wir sprechen ihre Sprache nicht, obwohl wir selbst aus diesen Dörfern kommen.«

Auch Wogo stieß wieder zu uns. Er war gerade aus dem Gefängnis entlassen worden und reihte sich als fröhlicher Flugblattverteiler ein. Mit Restalkohol im Blut pöbelte er die verschlafenen Arbeiter an: »Warum lasst ihr euch alles gefallen?« Ignorierten sie ihn, legte er nach.

»Is doch dein Problem, wenn du wie ein Schaf zur Schlachtbank gehst« oder »Geh doch nach drüben, wenn es dir hier nicht passt, da wären so Typen wie wir längst im Knast, und du hättest Ruhe, gell?« Das war seine beste Nummer. Seine Sprüche waren wie Puderzucker und nahmen uns diese schreckliche Revolutionsdramatik von den Fahnen.

Manchmal fragte ich mich, ob diejenigen, die die Nazizeit überlebt hatten, nicht im Grunde ihres Herzens alle Nazis geblieben waren. Was hatte ich mit denen zu tun? Warum solche Mühe, warum solche Anstrengungen?

Es war schwer, einen »Schulterschluss« zwischen Oberschülern und Arbeiterschaft zu erreichen, aber wir merkten auch, wie hier auf dem Lande unter uns Jüngeren diese Trennung nicht so selbstverständlich funktionierte wie in den großen Städten.

»Im Dorf muss man zusammenhalten, denn das Dorf vergisst nie«, hatte mir Herr Piff Paff, am Gartenzaun stehend, einmal zugeflüstert und auf die Schulter geklopft. Mit diesem Ritual war ich aufgenommen worden in die Dorfgemeinschaft.

Als ich wieder an die Schule kam, war der Streik auf seinem Höhepunkt. Es gab eine Demonstration von über tausend Menschen, auch Gewerkschafter und sogar Jungsozialisten beteiligten sich. Ein Pfarrer der Stadtgemeinde lief mit hinter den Transparenten »Freiheit für Tom und Leo«, »Denkt endlich nach«, »Schule den Schülern«, »Wir sind eine kleine radikale Minderheit«.

Aber Brabant, der alte Stalinkämpfer, blieb hart, und die Demonstration war zu Ende.

Eines Tages, wenn am Morgen über dem Fluss der Nebel aufsteigt und die Sonne aufgeht, wird es in Vietnam keine Bomber mehr geben. Das schreckliche Geräusch der amerikanischen Flieger ist verstummt. Es schmeckt nach Frieden, sagen die Kinder. Onkel Ho ahnt, dass er diesen Tag nicht mehr erleben wird. Er liegt auf seinem Bett, müde und schwach, er erinnert sich seiner Zeit in Paris.

Ein junger Mann aus Indochina geht über die Champs Élysée, alles ist heute möglich, alles ist denkbar in der Weltstadt Paris. Er trägt einen hellen Sommeranzug und sieht die schönen Frauen, lachende Männer. Der Krieg ist zu Ende, die Franzosen haben gewonnen. Die dumpfen deutschen Soldaten haben sich hinter den Rhein zurückgezogen. Sie grollen dem Erbfeind, aber Paris ist froh. Paris ist frei. Ho geht zur Universität, hier trifft er zum ersten Mal mit jungen Sozialisten zusammen. Ihre Ideen gefallen ihm. Ihre Prognosen über den Kapitalismus, der sich immer weiter ausbreitet, seine Kolonien entlässt, aber nie von seinem Einfluss befreien wird. All das macht ihm große Angst. Da sieht er sie. Eine junge Frau, schlank und schnell, eilt in die Metro. Sie gefällt ihm. Sie hat helles Haar. Sie lächelt ihn an. Soll er sich an sein Gelübde halten? Etwas schüchtern, aber entschlossen blickt er sich um. Sie ist verschwunden. Zu spät. Dann senkt er den Blick zu Boden und geht weiter. Er nimmt sich vor, disziplinierter zu sein, noch mehr von Karl Marx und von Rosa Luxemburg zu lesen. Weniger träumen, mehr Wissenschaft. Er weiß noch nicht, ob sich die Ideen der beiden großen Denker auf sein Land übertragen lassen. Er wird sich mit ihnen beschäftigen, Tag und Nacht. Junge Menschen rauchen dünne Zigaretten in Paris. Junge Leute lachen viel auf den Straßen. Ho lacht auch. Er ist ein fröhlicher Mensch, Revolutionäre müssen fröhliche Menschen sein. Er muss die Mächtigen auslachen. Es ist eine freundliche Atmosphäre in dieser französischen Stadt. Ho fühlt sich angenommen von den Franzosen, und am Abend gehen die jungen Menschen tanzen. Später sitzt er bei einer steinernen Brücke an der

Seine an und ist aufgeregt. Diese Ideen und die schöne Frau lassen ihn nicht mehr los. Auf der Brücke sieht er ein Rudel junger Hunde, sie balgen sich um ein altes Stück Brot. Ho ist ein glücklicher Mensch.

Lisa fährt nach Hause. Sie lernt. Die Revolution wird sie nicht davon befreien, Griechisch zu lernen. Sie ist stolz darauf, die alten Sprachen zu sprechen. Sie kann die Philosophen im Original lesen. Man kann sie nicht täuschen. Sie mag so einen wie den Bürger Sokrates, der nichts, aber auch nichts aufgeschrieben hat von dem, was er gelehrt hat. Aber er hat immer große Reden geschwungen. Bis zu seinem Tod: Prost! Es lebe der Schierlingsbecher!

Leo hatte sich zurückgezogen. Seine Mutter liebte ihn, gleichgültig was er tat. Sein Vater, der alte Becker, verkroch sich in seine Waldhütte. Aber Leos Bruder Hans drängte sich jetzt in die vorderen Reihen. Hans überbrachte Bulletins, er nahm an Leos Stelle an unseren Versammlungen teil, und am ersten Abend vögelte er gleich mit Rike in der Herrentoilette. Hans trug später, als es Winter wurde, einen Pelzmantel aus Kaninchenfell und ließ sich seine Harre rot färben. Hans wusste immer, wo es Drogen gab und wie er sie an den Mann bringen konnte. Hans war ein Kriegsgewinnler der Revolution, aber was das bedeutete, verstand ich damals noch nicht.

Als nunmehr, nach einer Woche Streik, auch die Unterstufen des Gymnasiums sich beteiligen wollten und die Klassensprecher der Sexten, Quinten und Quarten zum Streik aufriefen nach dem Motto der Musketiere, »Einer für alle, alle für einen«, drohten die Stadtväter mit einem massiven Polizeieinsatz. Ein Elternvertreter, Eigentümer des größten Schuhhauses der Stadt, meinte, die Rädelsführer müssten unschädlich gemacht werden. Egal, was das bedeuten sollte, bei so einem würden wir keine Schuhe mehr kaufen.

Zur ersten Stunde verweigerten alle Schüler den Unterricht. Die Turnhalle wurde gestürmt. Unser erstes

»Teach-In« fand statt. Tilly stand auf, hob seine Bierflasche hoch, prostete in die Runde und rief dazu auf, das Rektorat zu stürmen. Von allen Seiten erhielt er Beifall.

»Ja, lasst uns endlich gehen!«

»Schule den Schülern!«

»Brabant in Pension – Lehrer raus!«

Tatsächlich, so und nicht anders beginnen Revolutionen. Sie fangen ganz klein an, entzünden sich an einem Konflikt, und es wird ein Brandherd daraus und dann eine brennende Steppe. So war das auch in der Russischen Revolution. Die Matrosen murren zunächst herum, werden behandelt wie Vieh, ein Wort gibt das andere, und schon ist der Kapitän mit seinen Offizieren abgesetzt, er wird festgenommen, sitzt in der untersten Kabine, und der Panzerkreuzer Potemkin ist in der Hand der Rebellen. Danach stürmen wir das Winterpalais. Später sehen wir die Treppe, die zum Palais hinaufführt. Die Armee rückt an. Der Funke musste nur gezündet werden! Wir hatten einen Traum.

Hausmeister Nickel stand in der Ecke und popelte in der Nase. Er beobachtete uns und würde bald loseilen. Wir wussten, dass er ein Spitzel war, fürchteten aber seine subversive Tätigkeit nicht. Wir hatten sogar Mitleid mit ihm. Schließlich war er der einzige Proletarier an unserer Schule.

Nickel horchte auf, als er das Wort »Besetzung« hörte, und wollte sich unauffällig aus der Turnhalle entfernen. Aber Ede war schneller, packte ihn, und einige Schüler drängten ihn auf die Damentoilette, wo er dingfest gemacht wurde, eingesperrt ins Klo. Der Vertrauenslehrer wollte die Menge beruhigen, aber es war zu spät, der Zug der Gedemütigten eilte über den Schulhof. Verschreckte Sekretärinnen, die uns sonst immer von oben herab behandelten, versuchten die Tür zum Rektorzimmer frei zu halten, aber es gelang ihnen nicht. Hunderte von Schülern besetzten das Lehrer- und das Rektorzimmer.

Brabant war ausgeflogen und die anderen Mumien hinterher. Wir stellten die Lautsprecheranlage an und einen telefonischen Kontakt zum Ministerium her. Über das ganze Schulgelände erklang die Internationale. Lokal- und Regionaljournalisten rückten an, unsere Forderung war klar und eindeutig. Rückkehr von Tom und Leo an die Schule, Niederschlagung aller Disziplinarverfahren und die Schule den Schülern. Der Kampf hatte eine neue Qualität bekommen.

Jetzt war das Haus erst einmal besetzt, und wir stürmten das Rektorat. Wir stellten uns auf eine längere Besetzungszeit ein. Im Laufe des Tages bröckelte die Front. Einige gingen nach Hause, andere bekamen Furcht. Euphorie hat keine große Haltbarkeit. Als es Abend wurde, waren wir immerhin noch knapp dreißig Leute. Wir wollten mit einem Vertreter des Ministeriums in Wiesbaden sprechen und würden so lange bleiben.

Draußen vor dem Gebäude, das mittlerweile von der Polizei durch zwei Streifenwagen und ein Motorrad abgeriegelt war, versammelten sich unsere proletarisierten Jungs. Wogo pöbelte die Bullen an, Franco rief: »Lotta dura sensa paura«, was hieß, der Kampf geht weiter und ganz ohne Angst. Eine Gruppe von Hessenkollegiaten war eingetroffen und drohte mit einem Schülerstreik von Wetzlar bis Siegen, wenn unsere Forderungen nicht erfüllt würden.

Anscheinend hatte man in Wiesbaden die Order ausgegeben, es solle nicht gestürmt, sondern nur abgesichert werden. Wir da drinnen, auf dem Boden des Lehrezimmers, auf den Stühlen der Lehrer, auf dem Sofa von Brabant, amüsierten uns, obwohl wir einen Mordshunger hatten. Tilly suchte im Radio nach der Frequenz von Radio Peking, und wir rauchten, was das Zeug hielt, damit man uns hier immer in Erinnerung behalten würde.

Wir blieben. Es wurde Nacht und es war dunkel. Wir fürchteten, die Polizei könnte vom Schulhof her im Schutz der Nacht das Haus stürmen. Wir hatten keine Taschenlampe, um auf den Schulhof zu leuchten. Aber irgendwann klopfte es gegen die Scheibe. Wir waren erschrocken, dann aber sahen wir die Gesichter von Sam und Kalle. Die beiden hatten vermutlich eine Pommes-frites-Bude überfallen und die feindlichen Linien durchbrochen. »Pommes, frische Pommes!« rief Kalle, und wir jubelten. Pommes mit Mayonnaise! So verging die Nacht.

Ho Chi Minh hatte sich in Paris einen Füllfederhalter gekauft. Er war schwarz, hatte eine Feder aus 24-karätigem Gold und war leicht über das Papier zu führen. Man konnte verschiedene Tinten benutzen, das Ventil war belastbar und Ho hatte sich ein metallenes Etuis gekauft.

All die Jahre wird er diesen Füller wie einen Augapfel hüten. Wenn er sich vorstellte, er müsse über eine Brücke gehen und sich entscheiden, was er, um nicht zu stürzen, aus der Hand geben sollte, entschied er sich stets gegen seine Pistole und für seinen Füllfederhalter, obwohl die Magnum ihm mehr als einmal das Leben gerettet hatte. In der Schublade seines Tisches hat Ho eine Sammlung seiner Gedichte verwahrt. Ein Gedicht am Tag zu schreiben, wenigstens eines, und das eines anderes Autors zu lesen, wenn man in den Krieg zog, war zu seiner fes-ten Regel geworden. Die Lyrik ist ein Mittel gegen die Barbarei, denkt er und lächelt, als er den Mond am Himmel vorüberziehen sieht. Ho erinnert sich seines Vaters und dessen Liebe zu Konfuzius. Gestern hat er gehört, dass der große Vorsitzende Mao Tse-tung die Schriften des Konfuzius verboten hat. Ho schwant nichts Gutes.

IV. UNTER MÄNNERN

Neue Zeiten

Am Morgen kamen die Polizisten. Etwas später trat ein junger Mann auf den Schulhof. Wir beobachteten ihn durch das offene Fenster. Er trug Jeans und hatte lange Haare wie wir.

»Dr. Lenz ist bereit, mit Ihnen zu verhandeln. Geben Sie uns ein Zeichen, ob Sie ihn in das Sekretariat einlassen.« Wir waren sprachlos. »Achtung, Achtung! Hier spricht die Polizei. Wir werden das Büro nicht räumen, aber lassen Sie Dr. Lenz als Gesandten des Kultusministers zu einem Gespräch in die Büroräume ein!«

Der Polizeilautsprecher wurde abgestellt.

Wir waren in die Enge getrieben und mussten handeln. Wir fielen übereinander her, weil keiner wusste, welches der richtige Weg sei. Wir konnten uns nicht einigen. Nachdem dieser Dr. Lenz uns versichert hatte, weder ein Tonband in der Tasche zu haben noch unsere Personalien feststellen zu lassen, kam er in die besetzte Schule. Er trug eine schwarze Lederjacke und eine Krawatte, benutzte Parfum und rauchte filterlose Zigaretten. Er sicherte uns zu, dass die Regierung über ein neues Schulgesetz nachdenke, in dem die Schülervertretungen mehr Rechte bekämen. Zum Schluss zog er an seiner Zigarette und sagte: »Das mit der Raucherecke kriegen wir auch noch hin, und eure Kollegen dürfen wieder in die Schule gehen.«

»Arschloch«, näselte Tom, der zu uns gestoßen war, »was heißt hier dürfen.«

Wir waren dabei, als die neue Zeit begann. Aber wir hatten auch gesehen, wie der Mann sich Toms Gesicht einprägte, höflich, aber bestimmt.

Wir waren auch dabei, als eine neue Generation sich an die Macht zu gewöhnen begann. Später würde auch Dr. Lenz, der dem Landesamt für Verfassungsschutz die Order erteilte, sich den jungen Mann genauer anzusehen, erzählen, er sei dabei gewesen, 1968, als man noch glaubte, die Welt verändern zu können.

Jetzt würde alles besser werden. Die Schüler kehrten in die Schule zurück. Brabant würde bald in Pension gehen. Rike hatte sich verliebt.

Mir ging es schlecht. Ich sah, wie der Laden verfiel und wir die Miete nicht mehr aufbringen konnten. Franco soff nur noch, und Paul ging für ein Jahr nach Amerika. Ich war jetzt meist mit den Moped-Rockern unterwegs. Alles wirkte so erbärmlich friedlich, aber es erschien mir verlogen.

Lisa hatte ich all die schrecklichen Tage und Wochen nicht gesehen. Vielleicht hatte sie kein Interesse mehr an mir, vielleicht waren mir meine Jungs wichtiger und näher als die Liebe zu ihr. Ich grübelte, aber ich fand keine Lösung. Sie würde Karriere machen, und ich würde in diesem Kaff noch vor die Hunde gehen.

»Lass uns 'ne Pause machen«, schlug sie mir vor, als wir uns zufällig am Bahnhof trafen. Ich nickte nur, ich kämpfte nicht. Als ich einwilligte, warf sie mir vor, ich hätte sie bereits verlassen. Sie ahnte nicht, was wirklich in mir vorging. Lisa las weiterhin Homer und hoffte, dass Odysseus endlich zurückkäme, hoffte, die Göttinnen würden sich nicht seines Geschlechtes bemächtigen und solidarisch sein mit einer irdischen Frau, die irgendwo in einem kleinen Dorf im Siegerland auf das Meer blickte und nicht merkte, dass es nur die vereisten Rinderweiden waren.

Manchmal rief Kalle bei ihr an, aber sie weigerte sich, zu einem Treffen mit ihm zu gehen. Erst später, als ich in die Haftanstalt kam, erfuhr ich, dass sie mich vermisste. Aber da war es schon zu spät.

Es war an einem sonnigen Nachmittag. Ich lief von der Schule zum Bahnhof. Als ich am Café Schwan vorbeikam, schaute ich zufällig und gelangweilt durch die Scheibe. Ich traute meinen Augen nicht, da saß Lisa. Sie saß da und lachte, führte eine Tasse Espresso an ihre Lippen, in den Haaren rote Schleifen, lachte, rauchte und sah Dr. Lenz fröhlich ins Gesicht. Zufall, Verrat, ein Arbeitsgespräch? Was machte sie mit diesem alten Sack? Mir war, als würde ich den Boden unter den Füßen verlieren, als würde ich erst jetzt die neue Zeit verstehen. Die Illuminatoren waren unter uns.

Ho Chi Minh hörte zu. Der junge Mann und die schöne Frau erzählten von Utopia, einem Ort, an dem die Menschen gleich waren und das Reich der Notwendigkeiten, auf ein Minimum reduziert, dem Reich der Freiheit alle Möglichkeiten ließ. War Utopia auch in Asien möglich? War die Gleichheit ein Naturrecht aller Menschen, oder war sie nur eine Idee? Wie verhielt sich der Gott Rama zu diesen Gedanken? Ho liebte die milden roten Weine aus dem Médoc, die schönen Kleider und die großen Bibliotheken der Hauptstadt. Er las täglich den »Figaro«. Einmal las er einen Artikel über einen Frauenmörder. Der Verfasser zeigte viel Verständnis für die Tat und den Täter, verglich ihn gar mit King Lear, mit Karamasow und mit König Ödipus. »Wir töten, was wir lieben«, lautete der letzte Satz, und darunter Stand der Name Marcel Proust. Manchmal verstand Ho Chi Minh die Europäer nicht. Niemals hatte er die Vorstellung, das Mädchen Lin aus New York umzubringen, auch nicht, als sie ihn schon verlassen hatte. Er würde sich umstellen müssen, wenn er wieder nach Hause kam, und er würde alles dafür tun, dass eine Nation nicht über die andere herrschen würde. Das war keine leichte Aufgabe, eine, die über ein Menschenleben weit hinausging. Er nahm sich vor, die Schriften der französischen Sozialisten zu studieren. Es gefiel ihm, was Proudhon über das Eigentum dachte, aber er wusste auch, dass er in Vietnam einen eigenen Weg finden musste. Er zog an seiner Gitanes und ging nach Hause.

Sam kam in den Laden gerannt. Er hatte einen der Typen wiedererkannt, die uns die Schaufensterscheibe eingeschlagen hatten.

»Am helllichten Tag kam der zu uns in das Geschäft und fragte, ob er ein Plakat aufhängen dürfe. Man wolle eine Nationale Partei gründen, die vor allem die Interessen der kleinen Ladenbesitzer schützen wolle.«

»Und?« fragte ich.

»Mein Chef hat es erlaubt.«

Sam wusste auch, dass es eine Versammlung von Nazis in Burg geben würde, einem kleinen Nachbarort, nur wenige Kilometer entfernt. Im Dillkreis habe Gärtnermeister Banfe dazu aufgerufen, die Nationaldemokratische Partei zu gründen.

»Da müssen wir hin.«

»Wir müssen Knaller mitnehmen«, schlug Tom vor.

Franco wollte ein paar Stöcke besorgen. Edgar und Paul schrieben ein Flugblatt. Wir waren unsicher und, obwohl wir das nicht so recht wahrhaben wollten, auch ängstlich. Das war etwas anderes, als gegen Polizisten auf einer Demonstration anzutreten. Die Nazis waren brutal, und wir waren keine Schläger.

Drei Tage später zogen wir in den Kampf. Leo und ich fuhren mit den Fahrrädern, die anderen stiegen in einen geliehenen VW-Bus. Im alten Rathaus der Nachbargemeinde hatten die »Nationaldemokraten« ihre Gründungsversammlung angekündigt.

Wir hatten keine Eile, schlenderten die Dorfstraße entlang, wortkarg ging es zu. Dann sahen wir sie kommen: Männer wie Bullen, Stiernacken, und alle schwarz gekleidet. Sie hatten Schlagstöcke dabei, weiße Binden am Arm, auf denen »Saalordner« stand. Wenigstens fünf von den Kerlen hatten einen Gipsarm.

»Ob die alle den gleichen Unfall hatten?« versuchte Tom zu scherzen. Aber eine fröhliche Kampfesstimmung kam nicht auf. Klein und mickrig kamen wir uns vor, schutzlos fühlten wir uns, blasse Gymnasiasten, die im Sportunterricht nur einen Drill sahen, Kampfsport allenfalls aus dem Fernsehen kannten, sich nun aber berufen fühlten, dem neuen Gesicht des Faschismus Widerstand entgegenzubringen. Wir hatten eine historische Aufgabe, wir waren entschlossen, wir zwölf Jungen, während da mindestens dreißig Faschisten standen. Wir waren dünne Hemden, das waren deutsche Männer.

Gegen 20 Uhr kamen einige Streifenwagen mit Polizeibeamten. Wir waren froh, aber keiner von uns wagte es einzugestehen, geschweige denn auszusprechen. Einige der uniformierten Beamten stiegen aus den Autos, und einige Zivile vom Staatsschutz kamen hinzu, unter denen wir einen alten Bekannten erblickten, Maier, der die Ermittlungen in Sachen »Rote Schülerfaust« geführt hatte.

»'n Abend, Jungs!« rief Maier lakonisch.

»'n Abend, Herr Maier, immer noch im Dienst?« konterte Leo.

»Arschloch«, flüsterte Tom. Wir blieben auf der anderen Straßenseite. Die Faschos amüsierten sich über uns, als wären wir eine ungezogene Konfirmandengruppe.

»Schlagerfahren«, meinte Franco, von dem wir hofften, dass er in Italien richtig kämpfen gelernt hatte. Dann ging er los, direkt auf die Kerle zu. Wir hielten die Luft an, aber da stellten sich die Beamten zwischen uns auf. »Kein Ärger!« befahl der Polizeikommissar und legte die Hand an den Gummiknüppel.

Wir gingen ins Rathaus, stellten uns vor den Versammlungssaal, der voller Menschen war, Leute, aus unserer Gegend, Rentner, aber auch Männer um die vierzig, ein paar junge Burschen, denen man nicht ansehen konnte, wo sie hingehörten. Dann sah ich den Schwarzen. Er stand direkt neben dem Podium, beobachtete die Zuhörer, stand da breitbeinig, so als hätte er jeden Einzelnen im Blick. Ich konnte ihm ins Gesicht sehen, und eine unglaubliche Wut stieg in mir auf. Schmale Wangen, wenig Bartwuchs, freundliche dunkle Augen, man hätte ihn für einen Norditaliener halten können. Aber Franco verneinte: »No Italiano. Fasciste tedesco.«

Wir standen vor dem Eingang, weiter kamen wir nicht, konnten aber sehen, wie der Gärtnermeister an das Mikrofon ging. »Deutsche, Parteigenossen ...« Durfte man das sagen, war das nicht der Begriff, den auch die NSDAP verwendete? Wieso konnte der Begriff »Genosse« von diesen Verbrechern überhaupt benutzt werden, so als hätten Rechte und Linke auch nur eine Gemeinsamkeit.

»Scheiße!« hörte ich Tom rufen, und dann: »Nazis raus!«

Da hatte ihn schon ein »Saalordner« gepackt und schlug mit dem Gipsarm zu. Und die Beamten machten nichts, rührten sich nicht, sahen einfach nicht hin.

»Deutsche Polizisten schützen die Faschisten!« riefen wir.

Die Zuhörer blieben brav sitzen, ein ganzer Raum voller Nazi-Spießer. Es war mir unbegreiflich, wie so etwas möglich war. In diesem stillen Tal, wo sie doch alles hatten, Kühlschränke und Waschmaschinen, genug zu essen, Zeit für stille Träume, da sehnte sich nicht nur eine Handvoll Menschen wieder nach Hitler.

Ich hatte mich lange vor diesem Abend von Gott und von Jesus verabschiedet, aber wenn die Not am höchsten ist, dann fliegt einer der beiden an einem vorbei. Also sprang ich auf einen Stuhl und sang dieses Lied, das wir im CVJM gesungen hatten: »Jesus Christus geht uns voran auf der großen Lebensbahn, reih dich ein und geh doch mit, folg dem Heiland Schritt für Schritt.« Ich sang aus voller Kehle.

Meine Freunde waren ebenso überrascht wie die Nazis, keiner fasste mich an, und je länger ich sang, desto mutiger fühlte ich mich, desto freier. Ich war dankbar, dass mir alle Strophen einfielen. Es sang sich so leicht, und es half. Der liebe Gott schien auf unserer Seite.

»Er ist täglich bei uns in Alltag und Not, er steht uns zur Seite, der Herr unser Gott. Er ist unsre Hilfe, er ist uns nicht fern, drum stehen wir sicher in Gott unserm Herrn.«

Ich hätte stundenlang weitersingen können, aber das Lied war zu Ende. Grobe Hände zerrten mich vom Stuhl. Das waren nicht die Faschisten, es waren Polizeibeamte. Maier hatte ihnen befohlen, dem Spuk eine Ende zu bereiten. Ich wehrte mich, bis ich in der Grünen Minna saß.

»Los, zeig mal deinen Personalausweis.«

»Ich hab keinen, nur einen Kinderausweis.«

Sie lachten mich aus, aber bevor sie weiterfragen konnten, hörte man Schreie: »Schnell, die Feuerwehr!« Dann wieder: »Pfui Teufel!« und die ganze Faschistenhorde stürzte aus dem alten Rathaus heraus. Es stank fürchterlich nach Pisse und faulen Eiern.

Die Versammlung war zu Ende.

Die Polizisten ließen mich aus ihrem Wagen steigen, ich war wieder frei. Singen muss erlaubt sein.

»Dasse war eine klasse Stinkebombe, die de Pauli gemacht hadde für de Nazischweine.«

Aber da saßen wir schon in unserer Eisdiele und feierten den Sieg. Wir rauchten und tranken Espresso, Tom und Franco den einen oder anderen Grappa. Wir waren stolz auf die Internationale Solidarität und vor allem auf unseren Mitschüler Pauli, der den Satz verstanden hatte, den wir nachts in der Schule gesprüht hatten: »Erkennt das Chemiebuch als politisches Buch.«

Der Triumph über die Nazis gab uns nur für kurze Zeit ein gutes Gefühl. Denn die Gruppensitzungen waren zäh, und wir stritten über Kleinigkeiten. Unser türkischer Vermieter wurde immer missmutiger, er hatte anscheinend eine Pechsträhne, seine Spielschulden häuften sich. Dann behauptete er, wir hätten die Miete nicht gezahlt. Kurz darauf meldete sich ein Notar bei uns im Laden. Er wolle nur mal vorbeischauen und mitteilen, dass er der neue Zwangsverwalter sei. Er fingerte eine Urkunde aus dem Jackett.

»Ja, und ...«

»Ich wollte euch kündigen. Ihr müsst hier verschwinden.«

»Erst mal verschwindest du ...«, konterte Tom.

Wir saßen ratlos zusammen. Einer machte den Vorschlag, unseren Laden zu besetzen. Keiner reagierte darauf, wir waren müde und leer.

»Wir brauchen eine andere Organisationsform!« Ede versuchte noch einmal, Schwung in die Runde zu bringen.

»Quatsch, uns fällt einfach nix mehr ein.«

Tom war es, der das sagte, und danach blieb es still in unserem Laden.

Ich lief hinunter zum Fluss. Es war kühl geworden. Ich wollte allein sein. Zwei Zigaretten waren noch in meiner Schachtel, das würde knapp werden. Von der Hauptstraße zweigte ein Weg ab, da sah ich sie. »Europa-Circus« stand auf den Wagen geschrieben, aber das Zelt war noch nicht aufgebaut. Ich schlich mich an einen der Wagen heran und schaute durch die Gardinen. Da saß Piti und zählte das Bargeld. Ich klopfte vorsichtig an die Tür.

»Herein«, krächzte er, stand auf und sah mich fragend an. Dann fiel ihm offensichtlich ein, woher er mich kannte.

»Was treibst du dich hier rum?« fragte er barsch, aber nicht abweisend. Irgendwie fühlte ich mich ertappt.

Ich fand meinen Einfall gar nicht schlecht und sagte: »Na, vielleicht kann ich beim Aufbauen helfen.«

Er schien einverstanden, denn er deutete auf einen der Wagen und drückte mir eine Decke in die Hand. »Morgen früh um 5 Uhr.«

Ich lief zur Telefonzelle und verständigte meine kleine Schwester, dann sprach ich mit meinem Onkel. Der tobte. Aber er hatte kein Erziehungsrecht. Das hatte meine Mutter gut geregelt. Ich war alt genug, um darüber zu bestimmen, wann und wo ich blieb.

Ich blieb eine ganze Woche, schleppte Zeltstangen und Planen, Stühle, Bretter und Bänke, holte Futter und Sägemehl und verkaufte Eis in den Vorstellungen.

Piti trägt einen spitzen Filzhut und ein weites weißes, schlotterndes Gewand, er stolpert durch die Manege, fällt hin, und die Kinder lachen.

Im Herbst 1969 ließ Ho Chi Minh noch einmal die Führer der Vietkong in seinem Gartenhaus versammeln. Er fühlte sich schwach und kränklich und hatte in den letzten Tagen nur Tee zu sich genommen. Aber alle militärischen Gegenschläge und Schutzmaßnahmen wurden mit ihm besprochen. Er war ein Meister der Kriegsführung, immer wieder fielen ihm neue Interventionsmöglichkeiten ein, wechselte er die Strategien, überraschte er die Weltmacht USA und schonte, so gut es eben ging, die Kinder und die Frauen. Der alte Mann wusste, dass die Kommunistische Partei Chinas immer mächtiger werden würde, und fürchtete, dass nach einem Sieg des Vietkong über Amerika neue Besatzer nicht lange auf sich warten lassen würden. Sein Vater hatte ihn Respekt vor der Philosophie und der Religion gelehrt. Ho wusste, dass die Religion nicht nur Opium, sondern auch Elemente von Aufsässigkeit und Utopie in sich barg. Hierin unterschied er sich von den Chinesen. Aber er brauchte China und Moskau, wenn Vietnam überhaupt eine Chance haben sollte. Jetzt, da er spürte, dass er selbst den Sieg des Vietkong über die Großmacht nicht mehr erleben würde, sprach er darüber mit den Offizieren und politischen Anführen des Vietkong. Er war sich nicht sicher, wie die Machtkämpfe nach seinem Tod in der Partei entschieden werden würden. Er konnte nur noch darauf vertrauen, dass das weiche Wasser den Stein brechen würde, konnte nur noch Zeichen setzen, und sein Zeichen war das der Demut. Die Demut verband ihn mit all den anderen Mönchen, die ihr Leben der Askese, dem Göttlichen und der menschlichen Idee der Gleichheit gewidmet hatten.

»Also«, sagte er, »ich bitte euch eindringlich, dass ihr, wenn ich gestorben bin, die Machtkämpfe nicht mit Gewalt löst und euch erinnert, dass man die Macht immer nur geliehen hat vom Souverän, vom Volk, nicht von der Partei, nicht von Lenin oder von Karl Marx. Deshalb ehrt ihr mich, wenn ihr nach meinem Tod meinen Leib verbrennt und die Asche in die Nord- und in die Südrichtung streut.« Als er sich umblickte, blieben seine Gefährten stumm, wussten sie doch, dass die Partei bereits mit dem Bau eines Mausoleums begonnen hatte.

Leo hatte vor einiger Zeit zwei Jungs kennengelernt, die manchmal auch zu unseren Sitzungen gekommen waren. Sie waren Kriegsdienstverweigerer und arbeiteten als Pfleger im Städtischen Krankenhaus. Liefen sie uns wochentags über den Weg, hatten sie ihre weißen Pflegeranzüge an. Beide kamen aus Frankfurt und ließen uns spüren, dass hier tiefe Provinz war. Sie taten recht geheimnisvoll, bekamen Briefe und Anleitungen aus irgendeiner Zentrale, schrieben Thesenpapiere, die sie auch in unseren Versammlungen vortrugen. Die Gruppe Ho Chi Minh und der AUSS Dillkreis waren bekannt geworden in den Universitätsstädten. Aus Marburg, Gießen und Frankfurt kamen Studenten, um uns in ihre strategischen Pläne einzubeziehen. Sie waren Boten aus dem Reich des Leninismus, die mit uns Ball spielten. Wir spürten genau, die wollten uns erziehen, wir aber wollten *unser* Spiel spielen, ein Spiel mit dem System.

Leos neue Freunde wollten eine Partei gründen, mir schwebte gerade das Gegenteil vor. Einige aus unserer Gruppe fuhren manchmal mit ihnen nach Frankfurt. Dort gab es Parteigründungstreffen. Was man dort besprach, war geheim; es gab also wieder exklusives Wissen. Man unterschied in diesen Organisationen, ob man Sympathisant, Kandidat oder Mitglied war.

Leo hatte sein Herz für Leo Trotzki entdeckt und sprach von der »permanenten Revolution«.

»Trotzki hat einen dynamischen Revolutionsbegriff und eine fantasiereiche Sprache«, sagte Leo. Bis jetzt hatte ich ihm immer geglaubt, aber das wurde mir zur blöd.

»Ich habe einen astronomischen Revolutionsbegriff«, antwortete ich. »Echt, Leo, denn ›Revolution‹ kommt ja von ›revolutio‹, das heißt eigentlich ›zurückwälzen‹, ist aber ein astronomisches Fachwort aus dem 15. Jahrhundert für die Umdrehung der Himmelskörper.« Ich stöhnte, und Leo war sauer.

Eines Abends erschien ein junger Mann aus Gießen, er war ein Illuminator oder einfach nur ein lieber »MLer«.

»Ich heiße Manfred und komme von der KPD/ML ›Roter Morgen‹.« So stellte er sich vor. Er war schüchtern und wirkte hilflos, als müsste man ihn vor irgendetwas beschützen. Er studierte Mathematik und Geografie, fuhr einen alten Volkswagen, sprach viel über den »Roten Morgen« und wenig über sich und sein Leben. Wir kannten nicht einmal seine Adresse. Aus seinem Dialekt schlossen wir, er müsse aus Schwaben sein. Er verteilte brav den »Roten Morgen«, brachte hin und wieder eine Flasche Rotwein mit und war unbelehrbar, was den großen Vorsitzenden Mao Tse-tung und seinen Parteichef Ernst Aust anging. Wir fanden das alles langweilig. Es war, als hätte er die Post von Radio Peking wörtlich genommen und den Kram auswendig gelernt.

Einmal erzählte er, dass er den »Roten Morgen«, den er nicht verkaufte, selbst bezahlen müsse, damit er mithalten konnte im sozialistischen Wettbewerb mit den anderen Genossen.

Eines Tages war Manfred verschwunden. Nach zwei Wochen trauchte er noch einmal auf, dann kam er nicht mehr. Wir machten uns Sorgen.

Sechs Wochen später erschien ein Mädchen, stellte sich als Claudia vor, eine strenge rothaarige Genossin vom »Roten Morgen«, die von nun an unsere Gruppe »betreuen« sollte.

»Sag mal, was ist denn jetzt los? Wir brauchen keine Betreuerin.«

Sie ließ sich nicht abschrecken, schließlich studierte sie Pädagogik. Eine kommunistische Gouvernante hatte uns gerade noch gefehlt, das brauchten wir erfahrenen Kämpfer nun am allerwenigsten. Wir fragten nach Manfred, sie gab uns keine Antwort, bis wir sie vor die Alternative stellten, uns über Manfred zu informieren oder die Gruppe zu verlassen. Das würde Konsequenzen haben, sagte sie, und sie würde dem ZK berichten. Dann brach sie plötzlich zusammen und begann zu weinen. Jemand gab ihr ein Taschentuch.

»Wir wollen die Wahrheit hören«, darauf bestand ich, und sie erzählte uns von Manfred. Er sei aus einem Fenster gesprungen und schwer verletzt in die Universitätsklinik eingeliefert worden. Die Partei fände Selbstmord und Selbstmordversuch unkommunistisch und würde diese Verhaltensweise scharf kritisieren.

»Mein Gott«, Ede schlug sich auf die Schenkel, »was soll das für einen Kommunismus geben. Da machen wir nicht mit.« Dann besorgte er ein Auto, und wir fuhren ins Krankenhaus. Wir brachten Kuchen und Wein, Zigaretten und einen Pudding mit. Manfred lag in seinem Bett. Er hatte einen Beckenbruch und schämte sich.

»Hör zu«, sagte Ede, »wir sind immer für dich da, aber nur ohne deine Partei und die Gouvernante.«

Wir haben uns verabschiedet, aber wir haben ihn nach unserem Besuch nie wiedergesehen.

Schöner Westerwald

Die Unterprima von Tom machte in einer »Europäische Bildungsakademie« mitten im Westerwald ein Seminar. Am Samstag traf ich Leo, der von seinem Trotzkisten-Cub nach Hause kam, und wir entschlossen uns, über den Westerwald nach Marienborn zu trampen. Wir glaubten, es sei kein Problem dort aufgenommen zu werden und ein paar Tage zu verbringen.

Leo hatte eine enge weiße Jeans an, und ich in meinem Parka kam mir neben ihm hoffnungslos tapsig vor, wie der Bär neben einem Pinguin.

Wir standen fast zwei Stunden an der Landstraße, ein Auto nach dem anderen fuhr an uns vorbei. Manchmal brüllte einer: »Lasst euch erst mal die Haare schneiden, ihr Affen!« Ein Lkw-Fahrer stoppte kurz, wir liefen auf ihn zu. Dann gab er Gas und rief aus dem Fenster: »Ab nach Moskau mit euch!« Dabei trugen wir weder ein Bild von Che Guevara vor uns her noch eine rote Fahne im Gepäck. Es war anstrengend und hoffnungslos, und wir wollten beinahe schon aufgeben, als endlich ein Lieferwagen anhielt und der nette Langnese-Fahrer uns knapp zwölf Kilometer mitnahm.

Wir standen an einer wenig befahrenen Straße im Westerwald, es war kühl und einsam. Ein betrunkener Opel-Kadett-Fahrer hielt, und wir stiegen ein. Er lallte, trank aus seiner Bierflasche und fasste Leo zwischen die Beine. »Gäulsbisse«, nannte er das. Als Leo sich beschwerte, hielt er auf offner Strecke, drohte uns Prügel an und warf uns aus dem Auto. Es wurde langsam dunkel, und mir war unheimlich. Wir liefen in Richtung eines Dorfes, und ich dachte, hoffentlich treffen wir nicht auf betrunkene Bauern, wer weiß, womöglich würden sie uns als Kommunisten ans Scheunentor nageln, und aus war die Maus. Die Autos, die an uns vorbeifuhren, hupten, manchmal grölte einer aus dem Fenster dummes Zeug, aber mehr geschah nicht. Leo deutete auf die Verkehrsschilder. Nicht eines war mehr heil, sie dienten der Westerwälder Dorfjugend als Zielscheiben. Durchgeschossene Bleche. Wir konnten nur hoffen, nicht selbst Objekt eines solchen Beschusses zu werden. Als wir in das Dorf kamen, lag es wie ausgestorben, Misthaufen vor den Häusern, an der Bäckerei die Läden runtergelassen. Nur vor der Dorfschenke hörten wir aus Männerkehlen »O du schöner Westerwald …« und dann »Deutsche Heere ziehen nach Moskau«.

Endlich bremste ein Lkw mit gelbem Kennzeichen. Ein niederländischer Sattelzug hielt an, die Tür öffnete sich, und ein langhaariger Kerl forderte uns auf, einzusteigen. Er fuhr an, bat uns, ihm ’ne Kippe zu drehen, und teilte seine Schokolade mit uns. Es roch nach Gras und der Fahrer ließ uns auch mal ziehen. Wir waren froh, den Deutschen entronnen zu sein. Es dauerte nicht lange, und wir sahen das Ortsschild. Wir bedankten uns, und er schenkte uns noch zwei Gramm von dem Stoff. Dann schnaubte der Motor auf, die Hydraulik heulte, und der Lkw zog an uns vorbei.

Wir suchten einen Einheimischen, freundliche Bauersleute, die wir nach dem Weg hätten fragen können, und sahen stattdessen eine Polizeistreife, einen grünen VW-Käfer mit zwei Polizisten darin. Der eine, ein blonder, dünner Mann, stieg aus, fasste sich an das Pistolenfutter, und einen Moment lang sah es aus, als wollte er auch noch die Knarre ziehen.

»Perrsonalausweiskontrrolle!« raunzte er und rollte dabei das R, als würde er sich die Zunge brechen.

»Das ist keiner«, schnaubte er mich an und betrachtete meinen Schülerausweis.

»Das ist keinerrr …«, wiederholte er, und Leo erklärte ihm, dass ich auch keinen hätte, da ich noch keine sechzehn Jahre alt wäre. Wir wären hier mit unserer Schulklasse und er könne gern mitkommen und unsere Lehrer fragen. Ein komplizierter Fall von Personenkontrolle im Westerwald. Sie nahmen uns mit in ihrer Streife, dann wurden sie plötzlich unsicher und setzen uns ab. Kein Wort. Kein Ton. Die beiden fuhren weiter.

Wir standen verdutzt auf der Landstraße. Endlich fanden wir das Hinweisschild »Europäische Bildungsakademie 3 km«. Als wir das Haus erreichten, waren wir müde. Vor dem Eingang wehte eine Europafahne, und eine missmutige Dame an der Rezeption schickte uns in den Keller. Da saßen die Schüler der Klasse 12b mit ihrem Lehrer zusammen. Leo und ich hofften nach dieser langen Reise auf eine freundliche Begrüßung. Wir wollten nur ein paar belegte Brote und einen »Abendessenfrüchtetee«, später einen Platz in einem der Jugendherbergshochbetten und endlich, endlich schlafen. Es kam anders. Wir gingen die Treppe hinunter und sahen Tom an der Theke stehen. Er war angetrunken, stritt mit einem Mitschüler, der eine gebügelte Hose und Jackett trug. Keine Begrüßung. Eisiges Schweigen. Der Lehrer saß an einem Tisch, trank Apfelsaft und wirkte völlig überarbeitet.

»Hallo, Tom, hallo«, begrüßten wir die beiden. Einige Mitschüler drehten sich demonstrativ weg, und wir merkten, hier war dicke Luft.

Tom hatte sich mit allen Referenten angelegt, war abends meist besoffen, und jetzt kamen auch noch wir. Auf keinen Fall sollten Leo und ich hier übernachten. Die Schüler der 12b stimmten darüber ab und gaben dem Lehrer, der vermitteln wollte, keine Chance. Eine Mehrheit entschied sich dafür, dass Leo und ich wieder abreisen sollten. Schöne Demokratie. Das Boot ist voll.

Tom war sauer, wütend, beschimpfte die anderen als asoziale Arschlöcher und beschloss, mit uns gemeinsam den Heimweg anzutreten. Ehe wir's uns versahen, standen wir wieder auf der Straße. Tom hatte ein paar Brote eingesteckt, eine Selterswasserflasche und Tabak.

Vor uns lagen sechsunddreißig Kilometer Fußweg. In meinem ganzen Leben war ich noch nie eine solche Strecke gelaufen. Es war nach 23 Uhr, aber die Nacht war sternenklar. Ich glaube, wir waren noch keine zehn Kilometer gelaufen, als ich nicht mehr weiterwollte, einfach liegen bleiben wollte, irgendwo neben der Straße, nur ein wenig schlafen, nur eine halbe Stunde. Leo trieb mich an. Ich setzte mich auf eine Leitplanke. Tom trabte weiter. »Ich kann nicht stehen bleiben, dann fall ich um.« Ich sah auf der anderen Seite des Tals einen Teich. Der Mond spiegelte sich darin. Da saß die weiße Frau und wartete auf mich. The time is out of joint, schreit Hamlet, und mein Vater war lange tot.

»Komm weiter, es gibt keine Gespenster.« Leo packte mich am Arm.

Ich erinnerte mich an den Film, den ich als Kind gesehen hatte, »So weit die Füße tragen«. Es ist die Geschichte eines deutschen Soldaten, der in russische Gefangenschaft gerät. Er wird geschlagen und misshandelt, er muss durch ein Spalier knüppelnder Häftlinge laufen, dann flieht er und läuft quer durch Sibirien. All seine Zehen frieren ihm ab. So wurden uns die Russen vorgeführt. Dagegen hatten wir es gut. Wir liefen nur durch den Westerwald. Aber ich hörte sie singen, die deutschen Soldaten aus Stalingrad, als Zombies in den Wäldern: »O du schöner Westerwald, morgen gehört uns Deutschland und übermorgen die ganze Welt.«

Leo zog mich fort. Die weiße Frau winkte mir zu, lächelte mich freundlich an. Komm, mein Sohn, ich nehme dich in meine Arme. Aber Leo packte mich an der Hand. Die Soldaten verschwanden, und der Erlkönig ritt vorbei.

Später trottete ich hinter den beiden Freunden her, die miteinander stritten. Ich wollte ihnen gar nicht zuhören, wollte von ihren Reden über Gott nichts wissen. Gott ist tot. Nur die Idee der Gerechtigkeit, der Gedanke, dass alle Menschen gleich seien und die Kraft eines Thomas Münzer, der gegen diese Herren aufbegehrte, die kamen doch von Gott. Oder? Gott war auf der Seite der Mühseligen und Beladenen, und sein Sohn war ein Bruder von Ernesto Che Guevara. Wir von den Linken wussten das doch, die anderen, die missbrauchten Gott für ihre Ziele, für die Beherrschung der Welt. Sie waren die Illuminatoren. Wir waren die Menschen.

Tom aber redete sich in Eifer. Er hatte gerade von Joachim Kahl »Über das Elend des Christentums oder Plädoyer für eine Humanität ohne Gott« gelesen. Leo war Gott gegenüber toleranter. Wenn er uns nicht stört, warum soll er dann nicht sein, warum sollte man dann über seine Existenz streiten müssen? Also stritt er für den historischen Jesus, und ich sagte kein einziges Wort, wollte es mir weder mit Tom noch mit Gott verderben, und das schien heute Nacht sehr schwer zu sein. Auf keinen Fall würde ich mit ihnen über das kleine Stückchen meines Gottesglauben reden, das aus dem Wunsch kam, irgendwann meinen Vater wiederzutreffen. Ich hatte noch viel mit ihm zu besprechen. Ich hätte gern alle Geheimnisse seines Todes gelöst. Wie ist es möglich, sich selbst zwei Mal ins Herz zu schießen? Warst du bei den Freimaurern? Wer außer Gott hätte solch ein Treffen möglich werden lassen. Wer? Die Gedanken kreisten in meinem Kopf, quälten mich und traten nur zurück, wenn der Schmerz von den Blasen an meinen Füßen sich davorschob.

Von weitem sahen wir zwei Lichter auf uns zukommen. Es war lange nach Mitternacht, und ich setzte immer stumpfsinniger einen Fuß vor den anderen. Der Himmel war klar, hin und wieder sah ich eine Sternschnuppe. Siehst du, dachte ich, all das sind Zeichen. Er spricht mit uns, aber könnte er nicht etwas deutlicher werden? Mir fehlte ein brennender Busch, auch eine sprechende Schlange hätte er ruhig vorbeischicken können. Ich hoffte immer noch, er mischte sich ein. Meine Freunde schwätzten unentwegt, aber die Götter schwiegen. Wie soll da auch ein Gott zu Wort kommen?

Ein alter Volkswagen fuhr an uns vorbei, und einer warf eine Bierflasche aus dem Autofenster.

»Arschloch!« brüllte Tom, und das Auto blieb stehen. Die Autotür öffnete sich und drei große, starke Westerwaldburschen stiegen aus.

»Wer war das?« fragten sie. Wir blieben stumm. All unsere Gespräche über Gott und die Revolution waren so unendlich klein, und so klein waren wir, dass wir uns selbst nicht mehr erkennen konnten.

»Wer das war, habe ich gefragt, ihr langhaarigen Affen«, wiederholte der Dicke. Wir standen stumm, und dann stellte sich Tom vor uns.

»Ich war das, mein Name ist Tom, und jetzt komm.« Mein Gott, was machte er ... Tom ballte seine Fäuste, aber der Typ schlug schneller zu. Erst auf Tom, dann ein Kinnhacken für Leo, und ich bekam einen Arschtritt, dass ich dachte, meine Eingeweide platzten auseinander. Noch einen Tritt auf den, der am Boden lag, Tom. Dann stiegen sie ein. Der Motor heulte auf, und sie waren weg. Mein Gott, warum hast du mich verlassen? War das die Rache des alten Gottes?

Am schlimmsten sah Tom aus. Er blutete aus der Nase. Leo hatte einen verrenkten Arm und blaue Flecken im Gesicht, und ich hatte Bauchschmerzen. Wir schleppten uns weiter. Wenn wir die Lichter von Autos sahen, versteckten wir uns hinter Gebüsch oder im Graben.

In einem Dorf kurz vor der Stadt wollten wir Zigaretten an einem Automaten ziehen. Als zwei besoffene Typen uns erneut mit Schlägen drohten und uns bezichtigten, wir hätten den Automaten knacken wollen, suchten wir das Weite. Kurz vor der Stadt hielt ein Lieferwagen und nahm uns mit. Wir dachten, wir seien im siebten Himmel. Es war warm, der Fahrer gab uns einen Schluck aus seiner Thermoskanne.

»Ihr seht ja schrecklich aus. Habt ihr die ganze Nacht gesoffen?«

Es war sechs Uhr morgens, als wir in der Stadt ankamen. Sonntag, ein weißer Schleier lag über den Häusern. Bald würden die Leute zur Kirche gehen, in den Häusern wurde Kaffee gekocht, und wir wussten nicht wohin.

»Selber schuld«, hätte meine Tante gesagt, aber sie verstand einfach nichts von unseren Sehnsüchten. Wir waren drei Freunde auf der Suche nach dem wahren Leben. Die da drinnen kannten nur Kaffee und Brötchen.

»Spießer«, nuschelte Tom und blickte sehnsuchtsvoll zu einem der Fenster hinein. Eine junge Frau zog die Gardine zur Seite und öffnete das Fenster. Sie trug nur einen Morgenrock. Als sie uns sah, erschrak sie und schlug das Fenster zu, so als hätte sie Angst, dass wir heineinspringen könnten. Niemand öffnete uns die Tür, und keine Fee flog vorbei, uns ihren weißen Palast zu zeigen. Das Leben in der Kleinstadt ist banal.

»Nach Moskau!« ruft eine der drei Schwestern, die eine Erfindung von Anton Tschechow ist, aber sie geht nicht. Sie bleibt, denn die Provinz ist immer im eigenen Kopf.

»Sollen wir weitertrampen in unser Dorf?« fragte Leo, und an Tom gerichtet: »Du gehst heim zu deiner Mutter?«

»Wir bleiben zusammen.«

Wir könnten auch nach Bremen gehen, dachte ich, denn etwas Besseres als den Tod finden wir überall.

»Wir gehen in die Schule. Da finden wir schon ein Plätzchen.«

Als wir durch die Stadt liefen, kamen wir am Kaufhaus

meines Vaters vorbei. Da war jetzt ein Möbelgeschäft drin. Das Haus hatte jeden Glanz verloren, grau der Putz, trist die Auslagen, langweilige Möbelstücke. Der Schneemann war fort und die Musikbox auch. Fußballer kamen schon lange nicht mehr hierher. Ich blickte zum Fenster empor. Da war das Wohnzimmer. Da hatten wir gelebt. Das lag fast zehn Jahre zurück. Nach Vaters Tod hatte unsere Mutter uns immer eine reichhaltige Frühstückstafel gedeckt. Weiße Tischdecke und Kerzenleuchter, frisches Brot und Obst, Spiegeleier und Tomaten mit viel Mayonnaise. Alles sollte so aussehen wie bei reichen Leuten. Die letzte Bastion des Wohlstands. Mit Liebe und mit Kitsch hatte sie das getan. Die Welt, die draußen lag, hatte sie zugedeckt. Da wartete schon der Gerichtsvollzieher. Sie aber zog die Vorhänge vor, zündete die Kerzen an und sagte: »So, jetzt lassen wir es uns richtig gut gehen.« Aber danach beginnt der Tag.

Wir hatten unsere Schule erreicht und stiegen durch ein offenes Fenster ein. Der Boden knarrte, wir froren, hatten zwar ein Dach über dem Kopf, jedoch kein Tuch, womit wir uns hätten zudecken können. Aber wir fühlten: Wir waren gerettet. Am nächsten Morgen, vor Schulbeginn, trennten wir uns.

Nach unserem Marsch über den Westerwald fügte sich Tom für einige Wochen in den Schulalltag ein. Er hatte aufgehört zu trinken, spielte Schach und Flipper, und wenn unsere Freunde an den Marxismus-Schulungen der studentischen Arbeiterparteien in Marburg, Frankfurt oder Gießen teilnahmen, standen wir im »Westerwälder Hof« und versuchten unser Glück am Flipper.

Ich sehe ihn, wie er mit langen fettigen Haaren und mit der Kippe im Mund am Automaten steht. Er schüttelt das Ding und zuckt, bäumt sich auf, flucht. Nicht nachdenken und nur auf den Ball konzentrieren. Tom ist ein Meister im Flippern, Sieger ist er auch, ein Gewinner beim Schach und er ist der wirkliche Philosoph unter uns. Zu Hause zieht er sich in sein Zimmer zurück, liest und schreibt Texte, die er nie veröffentlichen wird. Irgendwo im Abseits sitzt sein Vater, ein Lokomotivführer, und schmollt vor sich hin. Er hat keine Chance in dieser Welt seines gebildeten Oberschülersohnes und er lässt seinem Sohn keine Chance in der Welt der einfachen Abläufe, der Organisation des täglichen Lebens. Ein Vater, der keinen führen will, nur seine Lokomotive. Was wird aus dem Kind? Ein Diskutant natürlich, ein widerborstiger Mensch, unbeweibt, immer mit einem Buch in seinem Tornister. Wie, mein lieber Tom, hältst du es mit den Frauen? Halten die Frauen dich aus? »Die halten mich höchstens auf«, hätte er sagen können. »Beim Fußballspielen, beim Trinken, bei meiner Lektüre.«

Wir verbrachten die Tage im Hinterzimmer der Kneipe, als hätten wir die Automaten gepachtet. Wogo schaute vorbei und wir erzählten alte Geschichten. Wogo sprach von seiner Gefängniszeit und wie es ist, wenn man immer nur von den Frauen träumt, da drinnen sitzt, keine sieht. Der Geruch der Frauen. Wo ist Lisa? Warum bin ich nicht bei ihr? Schön ist es von den Frauen zu sprechen und zu träumen, schwer ist es, mit ihnen zu leben.

»Masochistisches Geschwätz«, ruft Tom, »du redest dummes Zeug. Schwer ist es, die Frauen nicht zu lieben.«

An einem dieser Tage ist Tom durchgedreht. Er lag im Park, sturzbesoffen. Da haben sie ihn abgeholt, das geht schnell, ab in das Psychiatrische Landeskrankenhaus. Es ist gleich um die Ecke, hinten am Südrand, wo die Schornsteine stehen. Ich besuchte ihn. Er beschloss, nie wieder zu trinken. Wir gingen über das Gelände und sahen den Patienten hinterher. Manche gingen zur Feldarbeit, andere trotteten ziellos über das Gelände der Klinik.

»Dahinten, wo der Schornstein ist, da war das Krematorium, da haben sie uns verbrannt«, erzählte mir der kleine Heinz, der hier nur lebte, weil er kleinwüchsig war und der Zirkus vergessen hatte, ihn mitzunehmen.

»Sie haben mich nicht vergessen. Hab mich versteckt. War zu klein.« Dann lief er weg, wie ein Kind, und war doch schon ein alter Mann, verständig und klug. Heinz hatte die Hölle gesehen, von der wir nur sprachen.

»Scheißwelt«, nuschelte Tom und ich verabschiedete mich von ihm. Länger konnte ich nicht hier sein, an diesem Ort, der mich an meine Mutter erinnerte.

Ich wollte niemanden sehen und fuhr nach Hause in mein Dorf.

»Hallo Schwester.«

»Hallo Bruder.«

Als ich eine Woche später zur Schule kam, standen wieder Polizeiwagen davor. Ich war es nicht, egal worum es geht, diesmal war ich es nicht.

Es roch nach Feuer. Jemand hatte die Klassenbücher verbrannt, in den Flur geschissen und, viel schlimmer, im Chemiesaal alle Gashähne aufgedreht. Hausmeister Nickel wäre beinah in die Luft geflogen. Mein Gott, so etwas wollten wir nicht. Keine Opfer, kein Blut.

Ich schnappte mir ein Fahrrad und fuhr ins Psychiatrische Landeskrankenhaus. Ich klingelte an der Station, aber der Pfleger schüttelte nur den Kopf: Er ist weg.

»Wie weg?« fragte ich.

»Abgehauen«, antwortete mir der Mann in weißer Kleidung.

»Das ist doch eine geschlossene Abteilung.«

»Aber kein Knast.«

Ich war ratlos. Wo war Tom? Lebte er? Niemand wusste etwas, weder die Familie noch die Freunde. Tom blieb verschwunden. Wohnungen wurden durchsucht, unsere Treffpunkte, auch bei mir zu Hause tauchte eine Streife auf, aber meine Tante überzeugte sie, dass es besser sei, nicht mit dem Großvater zu sprechen.

Genosse Tom war seit Wochen verschollen. Hallo Peking, bitte hören. Können Sie eine Suchmeldung herausgeben? Wo steckt der Genosse Tom. Wir suchen ihn.

Einige Tage später bekam ich eine Postkarte. Bin abgehauen. Auf dem Bild der Frankfurter Römer. Weit ist er nicht gekommen. Von der hessischen Provinz in ein hessisches Zentrum der Revolution, dachte ich, dort, wo wir immer nur die »Ho-Chi-Minh-Jungs« aus der Provinz waren, die man bestenfalls am Katzentisch der wirklichen Revolutionäre, der Cohn-Bendits, Fischers, Wolffs, duldete oder denen man eine kommunistische Gouvernante schickte.

»Sag mal«, rief mir Herr Piff Paff zu, »deine Briefe werden ja immer komischer. Hier ist eine Postkarte mit deiner Anschrift, aber ohne Text.«

Er schüttelte den Kopf, und ich antwortete: »Das ist doch Geheimschrift, mit Zitronensaft geschrieben.« Er roch an der Karte und wiegte verständnisvoll den Kopf. Ich hatte Herrn Piff Paff eingeweiht in die Geheimnisse der Konspiration.

»Das hab ich ja noch nie gehört«, meinte Herr Piff

Paff. »Und wie kann man denn die Schrift sichtbar machen?«

»Mit Salz«, log ich ihn an. Piff Paff nickte, dann ging er bedächtig seiner Wege und klingelte an der Haustür unserer Nachbarn. »Einschreiben für Sie!« Er drehte sich um und grinste.

Ich lief hinauf in meine Mansarde. Die Tante war mit dem Großvater im Garten. Das war gut so. Meine Schwester und ich betrachteten das Postkartenmotiv. Es war die Hauptwache in Frankfurt, nicht der Römer, und dann sah sie ein kleines Kreuz auf der Postkarte.

»Schau mal, er will sich mit dir an der Kirche treffen, gleich neben der Hauptwache.«

»Aber wann?«

»Warts ab«, sagte meine Schwester, »das erfährst du sicher noch.«

Nach drei Tagen kam Herr Piff Paff mit einem Brief. Ich kontrollierte als Erstes den Umschlag. Er schien nicht geöffnet worden zu sein. Die Botschaft war knapp: 3. 3.13.00 Uhr.

In der Schule hatte sich die Aufregung nicht gelegt. Das war ein Mordanschlag. Und vor allem: Die nächtliche Aktion wurde uns zur Last gelegt. Da spielte irgendeiner mit Scheiße und Gas. Da bedrohte einer unser aller Leben.

In den Blumenbeeten vor den Fenstern hatte man Fußabdrücke entdeckt. Die Polizei war bei Toms Mutter gewesen und hatte Schuhe von ihm beschlagnahmt.

Alles schien klar, es war, als gäbe es kein Entrinnen mehr für meinen Freund und als seien mit dieser Aktion auch unsere Ideen in Verruf geraten. So ist es, wenn Schüler zu viel Freiheit bekommen, hieß es. Unser neuer Schulleiter, der Brabant abgelöst hatte und unser Engagement mit Sympathie betrachtete, kam in Bedrängnis.

Der Vertrauenslehrer lief mit sorgenvollem Gesicht über den Schulhof und verteidigte auf ungewöhnliche Weise diese Aktion. Er bezweifelte, dass ein Schüler Gashähne aufdrehen würde.

Ich fuhr mit dem Zug nach Frankfurt, lief durch die Kaiserstraße, an den Nachtclubs vorbei, müde Damen blickten durch mich hindurch. Ich erreichte die Hauptwache, den Beginn der Zeil, und stellte mich vor den Eingang der Friedenskirche. Ich wartete, beobachtete die Passanten, versuchte herauszufinden, ob darunter auch Zivilbeamte waren, die mich am Ende verfolgt haben könnten. Nichts, ich war mir sicher, da war niemand, der mich observiert hatte. Aber wo war mein Freund Tom?

Ich lief zum Kino hinüber und schaute mir die Bilder an, da lief der Film über »Woodstock«. Ob Tom das interessieren würde? Dann tippte mir jemand auf die Schulter. Ich drehte mich um, und hätte ich nicht seinen Geruch erkannt, sein Gesicht wäre mir sicherlich nicht aufgefallen. Tom hatte die Haare und den Bart geschnitten, er sah jung aus, und sein Kopf kam mir eckig vor. Tom wirkte viel männlicher. Klar war sein Blick, er hatte aufgehört zu trinken, aber geblieben war ihm diese innere Unruhe. Es war die Angst vor dem Gefängnis.

»Komm, wir gehen ins Haus.« Damit meinte er ein besetztes Haus im Frankfurter Westend. Wir liefen durch die Stadt, fuhren eine Strecke mit der Straßenbahn, lösten Fahrscheine, damit nicht noch zusätzlicher Ärger hinzukam. Große alte Patrizierhäuser standen hier, unbeschadet hatten sie die Bombardements auf Frankfurt überstanden. Ein wenig gehetzt liefen wir durch die Straßenschluchten, bis wir im Kettenhofweg ankamen. Ein verwilderter Garten, umgeworfene Mülltonnen, von außen sah ich einen Wintergarten, in dem eine Hängematte hing, und dann gingen wir rein. Ich war neugierig, ich war noch nie in einem besetzten Haus gewesen, wollte aber cool wirken, so als ginge ich in solchen Häusern ein und aus. Im Flur des Hauses lag Holz, Latten von irgendwelchen Zäunen, Unmengen von Papier und Müll stapelten sich.

»Wir brauchen das für die Barrikaden, wenn sie uns räumen wollen.« Tom klang wie ein Sachverständiger in Fragen besetzte Häuser. Zwei Typen begegneten uns, der eine stellte sich als Bommi vor. »Sag einfach Bommi Baumann zu mir, Kleiner«, dann legte er mir die Hand auf den Arm.

»Bommi schreibt gerade ein Buch«, flüsterte mir Tom zu. Ich hatte sozusagen im Vorbeigehen einen Schriftsteller kennengelernt.

Toms Zimmer lag im ersten Stock. Eine Matratze und ein großer Tisch, das war alles. Tom las Max Stirner, »Der Einzige und sein Eigentum«.

Endlich fragte er mich, wie es zu Hause sei, was an der Schule passiere, ob die Bullen ihn noch suchen würden und ob ich ein wenig Geld mitgebracht hätte. Ich legte mich auf die Matratze und musste erst einmal verschnaufen. Ich versuchte, ohne ihn noch mehr zu beunruhigen, die Stimmung in Herborn zu schildern. Er galt als richtiger Attentäter, daran bestand kein Zweifel, und seine Suffaktion war auch für den AUSSUA nicht gerade förderlich gewesen. Ich musste und wollte ihm das sagen und merkte, wie wenig Kritik er aushalten konnte. Er murrte vor sich hin, lief im Zimmer auf und ab, rauchte und fragte mich, ob ich Hunger hätte.

»Wir brauchen eine Strategie«, wiederholte er mehrmals, »ansonsten geh ich halt nach Cuba.« Ich sagte nichts dazu.

Wir saßen am Bockenheimer Turm im »Nutte Louis« und aßen Cheeseburger. Das »Nutte Louis« war nichts weiter als eine Frankfurter Eckkneipe, aber angeblich gingen alle wichtigen Studentenführer dorthin. Wir grübelten und rauchten. Später kamem einige aus dem SDS und setzten sich an den Nachbartisch.

»Hallo«, hauchte Tom. Sie grüßten kurz und beachteten uns nicht weiter. Ich beobachtete eine junge Frau, schätzte sie auf Mitte zwanzig. Sie hatte offenes lockiges Haar und ganz rote Lippen. Wenn sie an ihrer Zigarette zog, sah das sehr sexy aus. Sie sah mich an. Ich wurde verlegen und biss ins Brötchen.

»Hörst du mir überhaupt zu?« fragte Tom.

»Ich hör dir immer zu«, antwortete ich keck.

Wir einigten uns, dass es das Beste wäre, wenn er unseren Anwalt Helmut Riedel aufsuchte. Der konnte einschätzen, was für eine Strafe drohte. Ich ging zur Telefonzelle und wurde mit dem Anwaltskollektiv verbunden. Für den nächsten Tag bekamen wir einen Termin. Ich war erleichtert. Die Sache wuchs uns über den Kopf, bei Tom ging es um Leben und Tod.

Im Kettenhofweg sollte an diesem Abend ein Plenum stattfinden.

»Du kannst da mitmachen, wenn du willst.«

Ich zog es vor, in seinem Zimmer zu bleiben, las in der Zeitschrift »Konkret«, schaute mir die schönen nackten Frauen an und suchte die Kolumne von Ulrike Meinhof.

Tom hatte mir einen Schlafsack besorgt, und ich schlief friedlich, als er sich neben mich auf die Matratze rollte.

Nachdem wir am nächsten Tag Helmut Riedel aufgesucht hatten, fuhr ich zurück. Ich musste meine Fehlstunden reduzieren, wenn ich versetzt werden wollte. Tom hatte mir einen Brief für seine Mutter mitgegeben. Als ich bei ihr zu Hause klingelte, winkte sie mich ins Wohnzimmer. Eine scheußliche Ordnung, die hier herrschte, kein Buch, keine Zeitschrift lag herum, alles gesaugt, das Porzellan aufgereiht, jedes Kissen an seinem Platz.

»Es geht ihm gut«, sagte ich, »wenn Sie wollen, schicken Sie ihm etwas Geld, postlagernd ans Postamt Bockenheimer Landstraße.« Ich verschwand, so schnell es ging, denn ihren leidenden Ton, ihr Wehklagen konnte ich nicht ertragen.

Helmut traf sich noch einmal mit Tom und empfahl ihm, sich bei der Staatsanwaltschaft zu stellen. Er bot ihm an, ihn zu begleiten und gemeinsam mit ihm Angaben zur Sache zu machen. Helmut konnte gut verhandeln, er erreichte bei dem ermittelnden Jugendstaatsanwalt die Zusage, auf einen Haftbefehl zu verzichten.

Tom fuhr danach zu seiner Mutter nach Hause, wo er auf den Prozess warten würde. Er erschien sporadisch auf unseren Sitzungen.

Uns fehlten die Kraft und die Vision, wie und wo wir an der Revolution weiterarbeiten sollten. Wir taten uns selbst leid, und das wirkliche Elend in Vietnam trat immer mehr in den Hintergrund.

Ich hatte in den letzten Wochen viel getrunken. Oft war ich bei Karl-Heinz, einem Freund aus der Volksschulzeit und Kopf einer Moped-Rocker-Gang.

Dann passierte die Geschichte mit der Diskothek. Endlich war da wieder ein klares Feindbild, das Kleinbürgertum als faschistoider Körper und die örtliche Mafia, der Ausbeuter auf dem Land. Wir würden diese Lebensweise bekämpfen. Wir würden die Provinz-Mafia das Fürchten lehren. Das klang recht aufschneiderisch. So war es auch gemeint. Wenn man als Kind in den dunklen Wald geht, so muss man laut pfeifen. Vielleicht beeindruckt das die Dämonen.

Eines Abends waren Kalle und Sam zum Diskotheken-Hoffmann gefahren. Das war eine Edel-Diskothek im Westerwald. Man konnte tanzen, riesige Salzwasseraquarien hingen an den Wänden, die bessere Dorfjugend und Frankfurter Zuhälter verkehrten hier.

Kalle und Sam hatten an der Theke gesessen, ein paar Bier, eine Zigarette, ein dummes Wort wechselte das andere, die Bedienung war eine hübsche Blonde, und in ihrem revolutionären Übermut hatten Sam und Kalle zu ihr gesagt: »Sag deinem Chef, dass er ein Ausbeuterschwein ist und wenn er nicht stehenden Fußes für den Vietkong etwas spendet, gibt's was auf die Mütze.«

Das Mädchen fand den Spruch nicht schlecht und ging zu Hoffmann, der dafür bekannt war, keinen Spaß zu verstehen. Hoffmann rief seine beiden Schläger herbei, die bei ihm für Ordnung sorgten und als GIs einige Jahre in Saigon gewesen waren.

»Mike, Jeff, die beiden dahinten, an der Theke, sammeln für den Vietkong. Ich denke, die warten auf euch. Sind ein paar schwere Jungs.«

Dass unsere Freunde ein höfliches Lächeln für die schwarzen Kämpfer übrighatten, hinderte die nicht daran, ihnen gründlich die Gesichter zu polieren. Kalle und Sam sahen aus wie Muhammad Ali und Joe Frazier nach ihrem ersten Kampf. Als sie im Laden ankamen, fühlten sie sich wie Helden.

»Wir haben uns mit 'nem GI angelegt. Vietnamkämpfer.«

Die Jungs waren schockiert. »Faschisten«, nuschelte Franco. »Denen gehört was auf Maul«, steuerte Tom dazu bei, und Karl-Heinz nahm das alles sehr wörtlich. Wer Freunde verprügelt, der gehört verprügelt.

»Da schlagen wir zurück. Das wäre doch gelacht.«

Es wurden Rachepläne geschmiedet, und die Jungs feuerten sich gegenseitig an. Karl-Heinz hatte Ketten und Knüppel, nicht umsonst war er der Chef einer Moped-Rocker-Gang. Der AUSSUA, die Gruppe Ho Chi Minh und die »Wild Horses Rocker Gang« bildeten eine gemeinsame Kampffront.

Treffpunkt war am Freitag um 23 Uhr vor dem Stadtbrunnen.

»Aus dem Weg, Kapitalisten, die letzte Schlacht gewinnen wir, schmeißt die Knarren weg, Polizisten, die rote Front und die schwarze Front sind wir …«

Die Stadt schlief, aber vor dem Stadtbrunnen traf sich die Jugend. Neue Gesichter und alte Freunde, Ede und Leo, Sam und Gunter, ein dicker Mitschüler mit vielen Pickeln, eine Frau, die gerade bei Ede zu Besuch war. Hübsch und wohlerzogen sah sie aus. Ein Auto hatte sie auch, und Gösta, der ebenfalls Chauffeur spielen sollte, fuhr den MG. Siebzehn Leute in zwei Autos, das war schon ein Abenteuer für sich, und so fuhren wir einige Kilometer über den Westerwald, vorbei an den Fachwerkdörfern, der alten Skischanze, dem ausgedienten Steinbruch. Wir erreichten den Ort, Driedorf. Es brannte Licht in der Diskothek, einige Autos standen auf dem Parkplatz.

Gunter kamen Zweifel. Ach was, wir wollen nur mal reden mit dem Hoffmann, ein wenig Angst einflößen, durchatmen – und dann ging es los. Wer der Erste war, wusste hinterher keiner mehr. Fensterscheiben wurden zerschlagen, aus den Aquarien quollen die Fische, Schnecken und Grünzeug, die Musikbox flog um, hörte auf zu spielen. Hoffmann war an diesem Abend nicht da, auch nicht seine beiden Gorillas. Ein junger Mann bekam Glassplitter ins Gesicht. Gäste verschanzten sich hinter der Theke, dann war die Aktion auch schon vorbei. Einer rief: »Raus hier!« Und alle rannten zu den

Autos, die Fahrer starteten durch, und zurück blieben verwirrte Gäste, sprachlos, eingeschüchtert. Ein paar Mädels weinten.

Wir fuhren wie die Henker, brausten über Umwege durch den alten Laubwald, die beiden Autos verloren sich unterwegs, aber keine Polizei tauchte auf. Heim, endlich nach Hause, schnell ins Bett. Wir sind unschuldig. Sofort schlafen. Schlafen geht nicht. Warten. In die Schule gehen, so als sei nichts geschehen. Die Zeitung kaufen. Nichts drin. Erst einen Tag später. Legenden entstehen, eine Rockergruppe aus Berlin habe das alles ausgeführt, mit einem ganzen Reisebus seien die erschienen. Warten. Schweigen. Angst. Irgendjemand verplappert sich.

Eines war uns klar, diese Aktion ließ sich in der politischen Welt schlecht verkaufen. Alles, was wir vorher angestellt hatten, war etwas anderes gewesen. Was bleibt, sind die Taten, die edlen Motive haben keine Beständigkeit. Dieses Mal war es ernst, und dieses Mal rückte die Polizei aus Frankfurt an, und der Staatsschutz ermittelte. Bei uns klopfte das Landesamt für Verfassungsschutz an. Die hatten einen neuen Aktendeckel beschriftet.

Zwei Wochen später haben sie mich verhaftet. Ich kam in ein Jugendgefängnis, und es ging um mehr: Landfriedensbruch und Körperverletzung. Lisa hatte davon erfahren und fuhr mit unserem Anwalt Helmut Riedel durch die hessische Provinz. Dort, wo die Lahn sich durch die Täler schlängelt und der Bischof sitzt, da ist auch das Landgericht, dort, wo die Inquisition zu Hause ist, ist auch das Gefängnis, in dem sie mich besuchte. Am Tor der Jugendhaftanstalt stellte Riedel sie als seine Referendarin vor. So ließen die Herren im Morgengrauen meine Freundin ein. Helmut zog Zigaretten und Schokolade aus einem Automaten. Wir saßen in einem kahlen weißen

Raum. Ein Holztisch, Stühle und ein Kalenderblatt an der Wand. Die christliche Losung des Tages lautete: »Diene dem Herrn mit Freuden.« Wer kein Haus hat und keinen Ort, an dem er geschützt ist, der findet einen solchen Platz nur unter Menschen, die ihn schützen wollen. Das Kind lief voran, und der Engel folgte dem Hund. Ich war froh, Lisa wiederzusehen. Wir redeten über die alten Tage, über die Tat sprachen wir nicht, das war unmöglich. Ich war in Untersuchungshaft, und der Wachbeamte wich uns nicht von der Seite.

Einige Tage nach dem Besuch von Lisa und Helmut wurde ich aus der Haft entlassen.

Der Haftbefehl ist außer Vollzug gesetzt. Meine Tante schweigt, mein Großvater erfährt nichts davon, dass sein Enkel im Gefängnis war. Dabei hätten wir uns darüber verständigen können, wie es uns erging im Knast. Er bei den Amerikanern und ich bei den deutschen Gefängniswärtern. Vielleicht ahnt er etwas. Er lächelt mich an, das ist neu, was für ein gütiger Blick. Ich helfe ihm, ins Bett zu gehen. Das ist mühsam. Der alte Mann steht in seinen Unterhosen vor dem Doppelbett. Ich ziehe ihm die Hose aus. Als er liegt, streichle ich ihm über den Kopf. Er ist 78 Jahre alt. Als er ein kleiner Junge war, hat sein Vater sich das Leben genommen. Dann wurde er zum Faschisten. Vatersucher? Wie groß ist die Schuld? Bleibt Schuld immer haften? Warum können wir nicht reden? Gute Nacht, Opa, es ist Zeit für mich zu gehen. Ich werde dein Haus verlassen. Ich weiß nicht, wohin ich gehen soll. Ich werde meine Schwester zurücklassen. Sie wartet auf mich. Ich warte auf meinen Prozess.

»Die Hauptverhandlung ist eröffnet. Sie können Platz nehmen.« So banal klingt das. Der Staatsanwalt sah aus wie der alte Siegfried aus Fritz Langs Nibelungenverfilmung. Er war blond und dick, seine fetten Backen hingen herab. Als er sich die Robe umwarf, blickte er zur Seite in den Zuschauerraum. Er war eitel, und es sah aus, als wollte er sich schützen vor dem Mob, vor dem Schmutz, dem Dreck der Straße. Da saßen wir, Angeklagte, junge Revoluzzer, die einen Denkzettel brauchten. Die Pflichtverteidiger waren aus der ganzen Region zusammengekommen, draußen standen ihre Mercedes-Limousinen.

»Bitte sehr, Herr Staatsanwalt, verlesen Sie die Anklage.«

»Die Angeklagten werden beschuldigt, am 13. Oktober 1969 in das Lokal Hoffmann in Driedorf gewaltsam eingedrungen zu sein ...«

Der Strafprozess dauerte mehrere Wochen.

Das Gericht hatte jedem Angeklagten wegen möglicher Interessenkollisionen einen eigenen Pflichtverteidiger zugeordnet. Helmut und sein Rechtsreferendar aus Frankfurt waren bereit, als Wahlverteidiger aufzutreten. Das war auch bitter nötig. Niemand von uns hatte jemals an einer solch großen Verhandlung teilgenommen. Hier tagte die »Große Jugendstrafkammer« des Landgerichts.

Ein Wachtmeister forderte uns auf, uns zu erheben, und fünf Richter betraten den Saal. Alte Männer in weiten Roben, goldene Ringe, schlechtes Parfum und ein Pulk junger Leute als Angeklagte und Zuschauer.

Eines der Mädchen, das in der Disko dabei gewesen war und gegen das noch ein anderes Verfahren wegen des Besitzes von Haschisch lief, hatte bei der Polizei ausgepackt und belastete uns alle. Ich sah das als politischen

Verrat an, den ersten, den ich erleben musste. Das Mädchen war die Kronzeugin der Anklage.

Ein strenger Richter mit der Nase eines Seeadlers, ein kleiner dicker Berichterstatter, dazwischen die jungen Anwälte aus Frankfurt. Im Zuschauerraum saß meine Schwester. Sie war aufgeregt und suchte nach mir. Ich winkte ihr zu.

Die Serviererin wurde vernommen. Andere Gäste des Lokals machten Zeugenaussagen. Hoffmann, der Betreiber der Disko, stellte sich als sozialer Unternehmer dar, dessen Existenz nun bedroht sei. Sein Anwalt sprach von den jungen Bolschewiken und Terroristen, und alles plätscherte so selbstgefällig dahin und folgte der bequemen Einteilung in Freund und Feind.

Da meldete sich Gunter, der dicke Junge mit den vielen Pickeln. Er, so stotterte er, wolle eine Erklärung abgeben. Als der Vorsitzende unsicher wurde und fragte, welcher Art, erwiderte Gunter, das sei sein gutes Recht. Helmut begann mitzuschreiben, und der Vorsitzende Richter entschuldigte sich, denn er wollte keinen Vorwand geben für einen Befangenheitsantrag. So stand der Schüler Gunter auf und schilderte das Freizeitangebot in der deutschen Provinz, kein Ort, kein Platz, kein Jugendzentrum. Er sagte, dass Geschäftemacher wie Hoffmann den Jugendlichen das Geld aus der Tasche ziehen würden. Hoffmann bockte auf, wollte ihn unterbrechen, aber der Vorsitzende ermahnte ihn, still zu sein, hier habe jeder Anspruch auf rechtliches Gehör. So fuhr Gunter fort mit seiner Anklage gegen die Jugendpolitik in unserem Landkreis, dem Missmut der Sozialarbeiter auf dem Jugendamt und dem Rassismus von Diskotheken-Hoffmann. Alle waren verblüfft, der Staatsanwalt wippte unruhig auf seinem Stuhl, und Gunter lief zur Hochform auf. »Ob Sie, Herr Vorsitzender, Schuld und Schuldform in uns als Personen und Menschen bejahen, kann nicht unabhängig davon gedacht werden, wie schuldig diese Gesellschaft in der Provinz ist, die immer schweigt über die großen Untaten ihrer eigenen jüngsten Geschichte.« Dann suchte er nach einem Notizzettel und zitierte Nietzsche: »Die Strafe, wenn ich es einmal so sagen darf, hat den Zweck, den zu bessern, welcher straft.« Danach nahm er Platz und es war still im Saal.

Keiner von uns hätte Gunter solche Rhetorik zugetraut.

Dann war Pause und wir gingen mit den Anwälten in die Eisdiele. Helmut gab eine Runde Espresso aus. Da saßen wir, waren unendlich müde und sehr still. Pamela, die Bedienung aus dem fernen Italien, schaute uns sorgenvoll an, gab eine Runde Schokoladeneis aus und wir löffelten die braunen Bällchen in uns rein.

Helmut war sich nicht sicher, wie wir Jungs aus dem Prozess herauskommen würden. Das Geständnis der Kronzeugin war schwer zu erschüttern. Dagegen war kaum anzukommen, und das Strafmaß im Jugendstrafprozess war nicht auszumachen. Jugendarrest, Knast auf Bewährung oder verschiedene Auflagen, Schulverweise. Karl-Heinz kümmerte das wenig. »Ich bin Anstreicher, mit oder ohne Arrest.« Und ich fragte mich, ob die Zerstörung noch eine revolutionäre Tat war oder einfach das Werk von aufgedrehten Provinzjungs. Aber ich stellte die Frage nicht laut.

Die Mittagspause war zu Ende, der Prozess wurde fortgesetzt, und Helmut stellte den Antrag auf Besichtigung des Tatortes. Alle Verteidiger, der Staatsanwalt, Hoffmann und die Zeugen wurden in Autos verfrachtet und fuhren durch ein Schneegestöber hoch in den Westerwald direkt zu Hoffmanns neurenovierter Diskothek. Sämtliche Prozessbeteiligte liefen in die Gaststätte, einige Anwälte bestellten sich ein Pils, es herrschte eine nahezu vergnügliche Stimmung, und der Vorsitzende musste sich bemühen, Gerichtsatmosphäre herzustellen.

»Bitte, meine Herren«, rief er, »ich setze die Verhandlung fort.« Aber keiner hörte ihm mehr so recht zu. Die Anwaltschaft saß am Tresen und trank. Helmut war zufrieden mit diesem Zustand. »Das ist es, was ich wollte«, flüsterte er mir zu, »das dient der Entdramatisierung des Prozesses.« Er sollte recht behalten.

»Ich setze die Verhandlung fort«, wiederholte der Vorsitzende, dieses Mal mit einem drohenden Unterton, und es trat langsam Ruhe ein. An den mittlerweile ersetzten Glasscheiben der Diskothek drückten sich eine ganze Reihe von Dorfbewohnern die Nasen platt. Sie wollten die Täter sehen, wollten überprüfen, ob es stimmte, dass ein ganzer Bus Berliner Rocker angereist wäre, die das Lokal auf den Kopf gestellt hätten. Die Fische schwammen wieder in den Aquarien und stupsten mit ihren Köpfen gegen die Scheiben. Die Serviererinnen, die als Zeugen benannt waren, erkannten keinen der Jungs mehr, nur das Mädchen, das uns als Kronzeugin belastetet hatte. Es ging auf den Abend zu, der Prozess wurde vertagt. Fortsetzung sollte am nächsten Montag sein. Wir gingen mit Helmut ins Hotel. Er musste sein Schlusswort vorbereiten.

»In der Strafsache gegen Bender und andere eröffne ich die Sitzung«, raunte der Vorsitzende und bat den Staatsanwalt um sein Plädoyer. Da stand er, der Blonde, der Versoffene, der Knecht des Staates. Man sah in seinen geröteten Augen den Blick eines Mannes, der nach Strafe verlangte und dabei nicht gut vorbereitet und in so schlechter Verfassung war wie alle Abendalkoholiker am frühen Morgen.

»Hohes Gericht …«, dann kam eine Kunstpause, die viel zu lange dauerte. Warum sprach er nicht weiter, was suchte er da auf dem Pult? Endlich, er hielt sein Manuskript in den Händen. Also noch einmal: »Hohes Gericht, die Hauptverhandlung hat ergeben, dass alle Angeklagten am 13. Oktober 1969 …« So fuhr er fort, stotternd, pathetisch, ein paar Worte über den Verfall der Sitten und der Jugend, einmal sagte er auch »Juden«. Einige im Zuschauerraum mussten lachen, anderen lief es kalt über den Rücken.

Er sprach über die Glaubwürdigkeit der Kronzeugin, das Martyrium des Opfers Hoffmann und die rohe Gewalt dieser Angeklagten, er zeichnete ein Bild der jungen Hunde, als wären sie Werwölfe. Und er verlangte Strafe. Er sprach nicht von Rache, aber er meinte Rache. »Rache ist Blutwurst«, das war ein Zwischenruf von Ede, der sogleich unter Androhung einer Ordnungshaft ermahnt wurde.

Der Staatsanwalt räusperte sich, und dann beantragte er für die Heranwachsenden Ede und Gunter sechs Monate Jugendstrafe ohne Bewährung, für die übrigen Angeklagten sechs Wochen Jugendarrest.

Nach diesen Anträgen brach der Tumult aus, unsere Freunde riefen von den Zuschauerbänken »Klassenjustiz!« und »Weg mit dem Staatsanwalt!« Der Vorsitzende Richter drohte, den Zuschauerraum räumen zu lassen und die Öffentlichkeit auszuschließen. Er unterbrach die Sitzung für eine halbe Stunde. Mit Gefängnisstrafen hatte keiner von uns wirklich gerechnet.

»Meine Herren, ich nehme an, Sie haben sich geeinigt, wer mit den Plädoyers der Verteidigung beginnt.«

Einer der Pflichtverteidiger begann, knapp, emotionslos, um Gnade bittend, letztlich sich auf den Kollegen aus Frankfurt berufend, der ja das volle Vertrauen der Angeklagten genieße. Es durchfuhr mich ein Stich, als der alte Notar, der zugleich mein Pflichtverteidiger war, anhob und um eine milde Strafe für mich bat. Er sagte keinen Ton, kein Wort zu der Tat und zu dem Tatvorwurf. Allein die Strafzumessung schien ihn zu beschäftigen, denn, so trug er vor, »dem Angeklagten Menz fehlte die führende Hand eines Vaters«.

Ich zuckte zusammen, eine alberne und unerhörte Bemerkung. Es war mir unangenehm, dass da einer öffentlich über meinen toten Vater sprach. Dennoch lag in diesem Satz auch eine trübe Wahrheit. Ja, seine schützende Hand hatte mir gefehlt, damals und in all den Jahren.

Helmut und sein Rechtsreferendar hatten sich ihr Plädoyer aufgeteilt, der eine sprach vom äußeren Geschehen und der andere von den möglichen Sanktionen im Jugendstrafrecht. Es war ein Vortrag über die Langeweile in der Kleinstadt, über den Mangel an Möglichkeiten für junge Leute, sich zu verwirklichen, es war eine Darlegung der Biografie der Kronzeugin und des polizeilichen Missbrauchs ihrer Hilflosigkeit. Helmut hatte eine leise Stimme, man musste sich anstrengen, wenn man ihm folgen wollte, aber er sprach ruhig und bestimmt und nahm es sich heraus, auch ein Wort über die strafende Gesellschaft zu sagen. Es war ruhig im Verhandlungssaal, als hätte gerade eine Philosophievorlesung geendet, deren nachdenklicher Substanz man sich nicht entziehen konnte.

Der junge Referendar hingegen polterte los und erzählte schnodderig über den Jugendarrest als eine Erfindung der Hitlerjugend, eine Strafe, die es erst seit 1936 gab, also verlangte er einen Freispruch erster Klasse, setzte sich, und man sah ihm an, er war erleichtert und stolz zugleich.

»Bitte, meine Herren, die Angeklagten haben das letzte Wort.« Aber niemand ergriff es.

Das Gericht zog sich zur Beratung zurück. Ich war erschöpft. Wie anstrengend war doch dieser Prozess und wie anstrengend war mein Leben geworden!

Nach einer kurzen Pause wurden wir wieder in den Verhandlungssaal gerufen. Der Richter sprach davon, dass das Gericht seine gesetzlichen Fristen ausschöpfen werde, heute sei mit einem Urteil nicht zu rechnen. Ein neuer Termin werde von Amts wegen bestimmt. Die Sitzung war geschlossen.

Ich wollte nach Hause. Da sah ich sie. Lisa war da. Sie saß neben meiner Schwester im Zuschauerraum. Ich fühlte mich auf einmal pudelwohl.

Sie kam zu mir und legte mir die Hand auf die Schulter.

»Gehen wir ’ne Pizza essen, wir zwei?«

»Du siehst doch, dass ich hier noch zu tun habe.«

»Ich hätte gerne mit dir gesprochen, wegen des Typs im Café Schwan.«

»Kein Problem«, sagte ich, »ein andermal. Wir sehn uns.«

Tom steht vor Gericht. Wir warten immer noch auf unser Urteil im Diskotheksprozess. Tom hat nur einen Richter und der heißt Franz Schumann. Es ist ein feiner Herr mit feinen Händen. Er ist Doktor der Jurisprudenz. Ob er Klavier spielt, weiß ich nicht, aber sein Hände sehen danach aus. Sein ganzes Leben schon lebt er allein, hat keine Familie. Er ist am Amtsgericht für alles zuständig, auch für die Strafe. Amtsrichter Schumann hat keinen Zweifel, dass Tom in der fraglichen Nacht in der Schule war. Tom aber klärt ihn auf. Er habe nur Plakate aufhängen wollen, und da habe er, völlig schockiert, die Schweinerei gesehen. Er sei entsetzt gewesen über den Kot und die verbrannten Klassenbücher, da habe er das Weite gesucht, wohl wissend, dass so ein Scheißhaufen nur einem Linken zugetraut werden würde. Wer am Tatort war, ist noch lange nicht der Täter.

Dr. Schumann schaut ihm in die Augen, als sei er so etwas wie ein Lügendetektor, der am Ende die ganze Wahrheit herausbekommt.

Angeklagte dürfen lügen. Tom hat kein schlechtes Gewissen. Helmut hat ihn gut vorbereitet. Dr. Schumann zweifelt, mal glaubt er ihm, dann wieder nicht. Der Richter erklärt, wenn man Zweifel habe, dann müsse auch die Freiheit siegen. Er habe Zweifel, dass Tom so etwas wie seinen Kot im Schulhaus zurücklasse und Gashähne aufdrehe. Das sei keine revolutionäre Tat, das könne er nicht glauben, und es gebe ja auch keine Beweise dafür. Im Strafrecht müsse es nicht nur erlaubt sein, zu zweifeln, der Zweifel sei sogar das einzig Verlässliche, was man habe, wenn man keine Gewissheit hat. Der väterliche Richter lehnt sich zurück und atmet tief durch.

»In dubio pro reo«, sagt Dr. Schumann und spricht Tom frei. Schumann hat ihm damit das Leben gerettet, zumindest hat er ihm einen Teil seines Lebens gerettet. Tom hatte einen gnädigen Richter gefunden, vielleicht sogar einen Richter wie den Herrn Azdak. Den gibt es sonst nur im Theater und im Film. Es gibt keine Gerechtigkeit auf Erden. Man kann sich entscheiden für oder gegen eine Macht. Dr. Schumann bleibt zurück in seinem Dienstzimmer und sieht aus dem Fenster. Der Himmel ist blau und die Sonne scheint. Kein Blitz kommt vom Himmel. Eine wirkliche Lebensentscheidung musste er heute nicht treffen. Tom freut sich, ein freier Anarchist ist besser als ein eingesperrter Anarchist.

Ich warte auf mein Urteil, und ich warte auf Lisa. Ihre Eltern verleugnen sie am Telefon. Ich bleibe, vorerst. Tom verlässt die Stadt. Tom emigriert.

»Ich gehe nach Berlin«, sagt er, »wir haben hier keine Perspektive mehr.«

Das schmerzt. Wo ist die Revolution? In Albanien, sagen die Marxisten-Leninisten, in Peking, funkt Radio Peking aus Peking in China, in Moskau, immer noch in Moskau, ruft Lenin aus dem Mausoleum, und Castro zündet sich eine Havanna an. Ich will die Revolution hier, in der Kleinstadt zwischen Karstadt und Eisdiele, zwischen den Hügeln des Westerwalds. Die Revolution ist in dir, rufen uns die Kiffer zu, in Indien, im Ashram. Ich finde sie nicht.

Dann kam der Tag der Urteilsverkündung. Die Tür zum Verhandlungssaal öffnet sich.

»Stehen sie bitte auf«, ruft der Wachtmeister, »auch Sie, Herr Menz, meine Herren.« Wenn es der Gerechtigkeit dient ... Zwei Wochen haben die Richter auf sich warten lassen. Wir sind gespannt. Wir haben geschmort. Freiheit oder Knast. Wir sitzen noch einmal alle da. Ein letztes Mal. Die Revolution verlässt ihre Kinder. Ich blicke in den Zuschauerraum. Ich sehe meine Schwester, sie lächelt mir zu. Lisa ist nicht da.

»Im Namen des Volkes ergeht folgendes Urteil …«

Die dürfen so sprechen. Das hat etwas Großartiges, wenn einer so sprechen darf, wenn das ganze Volk sich Gedanken gemacht hat über uns, ob es richtig war, dem Hoffmann seine Diskothek kaputt zu schlagen. Im Namen des Volkes, so spricht auch die Revolution. Aber so weit haben wir es nicht gebracht. Die Revolutionstribunale haben ihre Arbeit noch lange nicht aufgenommen.

Ich schaue dem Vorsitzenden Richter ins Gesicht, da steht er mit seiner Adlernase, und da stehen die anderen Richter. Der Vorsitzende sieht streng aus und müht sich. Wahrscheinlich um Gerechtigkeit. Erst die Tat, die beschrieben wird, dann die Strafe, die alles gutmacht, alles tilgt. Die Strafe hat den Zweck, den zu bessern, welcher straft. Was für ein Satz.

Ein Jahr Freiheitsstrafe auf Bewährung für die Älteren und vier Wochen Arrest für uns Jüngere, damit sich die Spreu vom Weizen trenne. Stille. Ein Blick zum Anwalt. Der nickt. Kein Knast. Erlösung. Dankbarkeit. Wir haben nicht gesiegt, wir sind aber auch nicht verloren. Wir sind nicht auf der Strecke geblieben. Wir werden nicht von der Schule fliegen. Wir werden die vier Wochen in den Ferien abreißen. »Auf einer Arschbacke machen wir das«, flüstert Ede mir zu. Er nimmt mich in den Arm, wir geben uns die Hand, das Gericht zieht sich zurück, die Anwälte steigen in ihre Autos, nur Helmut bleibt noch bei uns.

»Ihr müsst auf euch achtgeben. Ihr seid zu jung, um euer Leben zu riskieren. Macht erst mal die Schule fertig.«

Ich gehe zu meiner Schwester und habe Tränen in den Augen.

Piti ist unter den Zuschauern. Er hat mir ein Buch mitgebracht. »Clown. Über die Phänomenologie des Stolperns.«

»Das kannst du jetzt gut gebrauchen«, sagt er und verschwindet.

»Wo ist Lisa?« Meine Schwester zuckt mit den Schultern.

Wir fahren in unser Dorf. Der Zug hat eine elektrische Lokomotive bekommen. Neben der Eisenbahnlinie fließt ein kleiner Fluss. Er hat einen komischen Namen, er heißt wie ein Gewürz: Dill. Er schlängelt sich durch Hügel und Steinufer. Die Kühe trinken daraus und die Schafe. Zu flach ist der Fluss für die Schifffahrt. Aber es ist ein richtiger Fluss. Er mündet in die Lahn, die Lahn mündet in den Rhein und alle dann in das offene Meer. In all den Jahren bin ich an dem Fluss vorübergefahren. Heute sehe ich diese kleine Welt. Heimatkunde. Der Fluss spricht mit mir. Gott hat sich zurückgezogen. Er belästigt uns nicht. Ich bin frei. Sie haben mich nicht verurteilt. Ich muss nicht in den Knast. Guten Abend, Bruder Fluss.

Großvater ist im Garten, hackt Kartoffeln und füttert seine Hühner. »Hühner sind die besseren Menschen«, raunzt er mir zu, »wenn du nach Cuba gehst, wirst du enterbt.« Ich will ihm nicht widersprechen. Er ist wieder der Alte, anscheinend hat Gevatter Tod ihm noch etwas Zeit gelassen, damit er auf der Erde weiter rummurren kann. Er würde mich ohnehin nicht verstehen. Das ist alles. Ich bin müde und zufrieden. Meine Tante sieht mich verlegen an. Ich nicke ihr zu. »Im Sommer muss ich weg, aber nicht in die Fabrik.«

»Vielleicht nach Peking.« Sie lächelt. Es fällt ihr nicht leicht, aber sie lächelt.

»Ja, warum nicht nach Peking. Oder nach Sibirien.«

Ich wusste, ich würde nicht hierbleiben. Ich musste raus. Meine Zeit war zu Ende. Aber konnte ich meine Schwester verlassen? Wir saßen in ihrem roten Jugendzimmer und schauten uns an. Die Revolution und wir zwei, das war meine ganze Familie, mehr hatte ich nicht. Das war viel, besser als nichts.

»Geh nur, wenn du was findest. Du holst mich dann nach.«

Ich streichelte ihr übers Haar und ging schlafen.

Am nächsten Morgen auf dem Weg zum Bahnhof habe ich die Zirkuswagen gesehen. Kamele und Dromedare standen auf der Wiese herum und kauten Gras.

»Piti!« rief ich, und aus einem der Wohnwagen grinste mich das Gesicht des Zirkusdirektors an. Er hatte die Kippe im Mund und musste lachen. »Mach dich zur Schule«, rief er mir zu, und ich warf meine Schultasche über die Schulter und rannte über die Wiese.

Dem alten Mann fällt es schwer, Abschied zu nehmen. Ideen sterben nicht so schnell, wenn sie gut sind. Damit tröstet er sich, noch einmal kehrt er an seine alten Schauplätze zurück. Nach Paris, nach Rouen und auch nach Tours. Da steht er, der junge Student, und staunt. Wir schreiben das Jahr 1920. Auf dem Kongress der Sozialistischen Partei Frankreichs soll er heute sprechen. Er ist aufgeregt. Instinktiv hebt er die Hand.

Der Präsident: Indochina hat das Wort. (Beifall.)

Der Delegierte von Indochina: Genossen, gern hätte ich heute mit euch gemeinsam am Werk der Weltrevolution mitgewirkt, doch habe ich, tieftraurig und niedergeschlagen, als Sozialist gegen die Gräueltaten zu protestieren, die in meinem Heimatland begangen wurden. (Sehr gut!) Sie wissen, daß seit einem halben Jahrhundert der französische Imperialismus in Indochina herrscht; er hat uns im Interesse des Imperialismus mit Bajonetten erobert. Seitdem werden wir nicht nur in schändlicher Weise unterdrückt und ausgebeutet, sondern auch schrecklich gefoltert und vergiftet. Ich betone dieses

Wort, »vergiftet«, nämlich durch Opium, Alkohol und so weiter. Es ist mir in wenigen Minuten unmöglich, euch all die Gräuel aufzuzeigen, die von den Banditen des Kapitals in Indochina begangen wurden. Es gibt mehr Gefängnisse als Schulen, und sie sind stets geöffnet und erschreckend bevölkert. Jeder Eingeborene, der im Rufe steht, sozialistische Ideen zu haben, wird eingekerkert und mitunter ohne Gerichtsverhandlung zum Tode verurteilt. Das ist die sogenannte Indochina-Justiz, denn dort wird mit zweierlei Maß gemessen; die Vietnamesen genießen nicht den gleichen Schutz wie die Europäer oder die Europäisierten.

Presse- und Meinungsfreiheit gibt es für uns nicht, erst recht nicht Versammlungs- und Organisationsfreiheit. Wir dürfen nicht emigrieren oder ins Ausland reisen; wir leben in tiefer Unwissenheit, denn wir haben kein Recht auf Bildung. In Indochina versucht man alles Mögliche, um uns mit Opium zu vergiften und mit Alkohol zu verdummen. Um fremder Interessen willen hat man Tausende von Vietnamesen in den Tod geschickt und Tausende andere umbringen lassen. Ihr seht, Genossen, wie mehr als zwanzig Millionen Vietnamesen, das ist mehr als die Hälfte der Bevölkerung Frankreichs, behandelt werden. Und dennoch sind diese Vietnamesen die Schutzbefohlenen Frankreichs. (Beifall.) Die Sozialistische Partei muss eine wirksame Aktion für die unterdrückten Eingeborenen einleiten. (Bravorufe.)

Jean Longuet: Ich habe etwas zur Verteidigung der Eingeborenen unternommen.

Der Delegierte von Indochina: Zu Beginn habe ich um absolute Ruhe gebeten ... (Lachen.)

Die Delegierten lachen. Keiner weiß heute mehr, warum. Dort steht dieser schmale Mann aus Asien, rechtschaffen und klug, er fordert, er verlangt, er klagt »Internationale Solidarität« ein und Respekt vor der Zärtlichkeit der Völker. Onkel Ho lacht mit. Alles hat seine Zeit. Das buddhistische Lächeln. Das etruskische Lachen. Das Gelächter in den Klöstern des Heiligen Franz ... Dieses befreiende Lachen der Heiligen klingt überall gleich. Wie seltsam aber die Worte von damals klingen! Wie oft hat er sich mit Nguyen Sinh Sac, seinem Vater, gestritten. Was ist der rechte Weg eines Gelehrten? Nein, Ho, hatte sein Vater zu ihm gesagt, es ist nicht die Gewalt, es ist die Sanftmut, kein Zweck heiligt die Mittel. Aber ich habe ihnen nichts getan, sagte Ho, der sich damals noch Thành nannte, ich hatte Sanftmut, und die französischen Soldaten haben auf alles geschossen. Das ist lange her, vielleicht ist Ho's Sanftmut auch die Form der Ausdauer, die er bewiesen hat im Kampf gegen die Amerikaner. Sinh Sac schweigt. Er will nicht recht haben müssen.

Da liegt er nun wie ein kleiner Lenin. Sie haben ein Mausoleum gebaut für ihn, der sein Leben als Präsident im Gartenhaus vollendet hat und nicht prunkhaft begraben werden wollte. Die Partei will es anders. Sie sperren seinen Leichnam ein. Sie wollen seine Seele kontrollieren. Aber er lacht. Onkel Ho lacht sie aus.

Ho weiß, dass man ihn nicht mit einem Denkmal begraben kann. Noch fliegen die Bomber. Noch wirft man täglich 120 000 Tonnen Agent Orange auf das kleine Land. Dort im gläsernen Sarg fragt sich Ho, ob sich sein Weg gelohnt hat. Aber er weiß auch, dass diese Frage eine Frage der westlichen Denkweise ist. Sie verfolgen immer einen Zweck. Aber hat die Geschichte einen von ihr gesetzten und verfolgten Zweck? Die Geschichte aller bisherigen Gesellschaften ist die Geschichte von Klassenkämpfen ... Die Vision von Karl Marx war es, dass eine freie Assoziation frei assoziierter Menschen entstehen werde, frei von Unterdrückung, jenseits des Reiches der Notwendigkeit ein Reich der Freiheit. Ho weiß, was die Kolonisation der Franzosen aus Vietnam gemacht hatte. Der Zustand von Mensch und Natur war so erbärmlich, so von Ausbeutung geprägt, dass ein Reich der Freiheit unvorstellbar fern geworden war. Ho weiß auch, dass Vietnam noch Opfer wird bringen müssen, der Sieg über die Amerikaner aber unausweichlich ist. Ho weiß nichts von der Gruppe Ho Chi Minh, weitab in der deutschen Provinz. Aber jetzt kann er hinschauen, wie in einem kleinen kalten Laden ein paar Jungs und Mädchen sitzen. Sie rauchen Zigaretten und debattieren über die Frage, ob man im Kommunismus Kühlschränke brauchen werde und worauf man am ehesten verzichten könne, damit alle auf der Welt am Wohlstand teilhaben könnten. Sie streiten auch darüber, ob man bald Schuhe aus Haifischleder machen wird, die dreimal so lange halten und damit Zeit schaffen für künstlerische und soziale Tätigkeiten. Ho kann in seinem Glassarg den Rauch ihrer Zigaretten in seiner Nase spüren. Er sieht auch das Konterfei des großen und dicken Vorsitzenden Mao Tsetung auf den Straßen in Europa. Studenten tragen sein Bild auf Demonstrationen in Paris und London, Madrid, Berlin und Frankfurt am Main. Die Jungs und Mädchen werden viel Kraft brauchen, um nicht verbraucht zu werden, denkt Ho Chi Minh, sie sind noch jung, sie können noch viel verlernen. Sein Widersacher im Zentralkomitee, General Whao, hatte sich auch auf die Seite der Maoisten geschlagen, und jetzt sind die, die nach einem eigenen Weg suchen, in Hanoi zu einer Minderheit geworden.

»Du musst loslassen, Ho«, hörte er seinen Vater sagen, und der kleine Ho blickte auf, direkt in die Augen des Mannes, der ihm so vertraut war. »Du musst loslassen, mein Junge.«

Aber das ist schwer, es ist so schwer, wenn das Leben nur ein Versuch ist und unerreicht das Gespenst der Freiheit sich am Horizont zeigt.

»Ich wäre schon gern dabei gewesen, Vater«, antwortet der alte Mann und hätte beinahe seine Augen geöffnet. Welch ein Schreck wäre das gewesen für all die Menschen, die an dem gläsernen Sarg des Toten in Hanoi vorüberziehen und weinen.

Ein Jahr nach dem Prozess verließ ich das Dorf.

Und wieder ein Jahr später ist meine Schwester aufgebrochen. Sie ist mit ihrem Freund, Pietro, dem Italiener, in einem alten VW-Bus nach Jugoslawien gefahren; über die Alpen, den Balkan, die bulgarischen Gebirgszüge bis nach Istanbul sind sie gekommen. Sie hatte nur eine Adresse: Pendik, Sefer, Sokak Nr. 20. Das war alles. Die beiden haben sich durchgeschlagen, durch die engen Gassen der großen Stadt, mit der Fähre nach Haydarpascha, dem Bahnhof, der alle Reisenden nach Asien bringt. Sie haben die Stadt Pendik gefunden, sie haben Verwandte von Sefer getroffen und auch seine Kinder. Alle haben sie gewarnt. Misstrauisch, aber freundlich, vorsichtig und voller Skrupel haben sie meiner Schwester das Versteck verraten. Noch einmal fuhr sie Hunderte von Kilometern durch das türkische Hinterland, wo es noch keine Betonbauten und Hotels gab. Das Militär herrschte hart und brutal. Überall Straßensperren. Einmal haben sie ihr das Kopftuch von den Haaren gerissen, sie hatte sich nur vor der Sonne geschützt.

»Was willst du hier?«

»Urlaub, ist das verboten?«

Meine Schwester war keine Botin der Revolution. Sie war eine Krankenschwester des Mitleids, sie mochte ihn, den Türken, der mich aufgenommen hatte, damals in unserem Dorf. Am Ende der Kämpfe, am Ende der Träume werden die Opfer gezählt. Da lag er in einem Holzverschlag, wog 38 Kilo, und sein linkes Bein war halb abgetrennt. Verletzt, verkrüppelt und verraten. Sefer hatte einen Pistolenschuss ins Bein bekommen. Ein Faschist? Ein Unfall? Er schwieg.

Sie haben ihn in die Klinik gebracht, und der Chefarzt, ein alter Faschist, einer von der Partei der »Grauen Wölfe«, der hat ihn einfach liegen lassen, bis der Wundbrand kam und das Bein amputiert werden musste.

Meine Schwester hat auch einen Namen, Cornelia, die Starke, das Korn. Sie hat ihn rausgeholt, den türkischen Freund, mit einem falschen Pass, da war sie gerade sechzehn Jahre alt. Gerettet, auch mit einem Bein lässt es sich leben. Erst später wird er merken, dass es gut war, dass das Leben weitergehen kann. Die Flucht über den Balkan kam vorher. Ein kleiner alter VW-Bus ruckelte über die Landstraße. Vorn saßen zwei Kinder, und hinter ihnen lag ein alter Mann. Das interessierte die Zöllner nicht; wenn das Bakschick stimmt, geht der Schlagbaum auf. Wenn Engel reisen, lacht der Himmel. Es lebe die Zärtlichkeit der kleinen Leute, es lebe die Zärtlichkeit der Völker.

EPILOG

Der Clown war gebrechlich geworden. In seiner linken Körperhälfte machte sich ein Schmerz breit, und er wusste kein Mittel, ihn zu bekämpfen. Er wusste nur, dass er wieder hinauf auf das Schlappseil musste; es nicht zu tun, bedeutete, einzugestehen, dass er alt geworden war. Jetzt war er ein Clown, der mit schmerzender Schulter, zwei Gummibällen, einem Regenschirm und einem Papagei auf dem Schlappseil die Balance würde halten müssen. Der Zirkus war in der Stadt.

Irgendwann, wenn man sie alle schon einmal bereist hat, wenn man all die schlechten Plätze vor den Städten kennt, wenn man den Regen auf all den schlechten Plätzen vor den Städten kennt, wenn man den Schmutz an den Stiefeln von dem Regen auf all den schlechten Plätzen vor den Städten kennt, dann gibt man all den Städten einen Namen, der etwas mit ihrem Schlamm und ihrem Staub, ihrem Schmutz und ihrem Sand zu tun hat. So entstehen neue Städte auf der Landkarte der Zirkusleute: Splittstadt, Stadt des roten Sandes.

In Nowosibirsk gab es keinen Schlamm und keinen Staub auf den Straßen. Der Schnee war fest und trittsicher zugleich. Lachende Menschen, Alte und Kinder, Soldaten mit Gewehren und Arbeiter mit Henkeltöpfen, alle mit Mützen und mit Atemwolken vor dem Mund, so eilten sie erwartungsvoll zu der Bahnstation: Der Zirkus kam in die Stadt.

Auf seiner Reise durch Sibirien hatte der Clown die Schönheit der Einöde entdeckt. Es erschien ihm auf den ersten Blick alles so arm und kalt, so schmutzig und menschenleer. Aber es war gut, hier zu sein.

Morgen würde sein Wagen auf dem Platz neben dem Zirkusgebäude stehen.

Menz ging durch das nächtliche Nowosibirsk. Er hatte ein gutes Gefühl dafür, wo eine Stadt gefährlich werden konnte. Er suchte nach dem Lenin-Denkmal, benutzte die Metro, bewegte sich selbstsicher, sprach, wie die Russen sprachen, und landete in einer turkmenischen Bar. Er sah einer Bauchtänzerin zu und trank Wodka. Viele Männer waren betrunken, und Menz begann sich zu langweilen.

Am nächsten Morgen brachte ihm der Kellner ein Telegramm aufs Zimmer. Der Clown öffnete das Kuvert.

Sehr geehrter Herr Menz, unsere Route hat sich geändert, im nächsten Monat fahren wir nach Hanoi. Unsere Vorstellung wird von Radio Peking aufgezeichnet und nach Europa übertragen.

Da freute sich der Clown.

Er ging durch die Straßen der fremden Stadt und erreichte den Bahnhof. Der Zirkus war angekommen. Die Wagen wurden abgeladen. Der Rüstmeister begrüßte ihn mit Handschlag.

»Trinken wir einen Wodka, Menz?«

»Vor der Vorstellung nie.«

Der Clown bestellte sich ein Taxi und fuhr zur Uliza Sowjetskaja. Sein Wohnwagen war abgestellt, und die elektrische Heizung gab dem Innern eine angenehme Temperatur. Er öffnete die Schränke und Koffer, klappte den Wandspiegel auf und zog sich um.

Da lag ein Brief auf seinem Schminktisch. Er drehte das Kuvert um und sah den Absender. Er öffnete den Brief und las laut:

Lieber Menz … Wenn Du schon ein Buch über uns schreibst, sei bitte ehrlich. Du bist abgehauen. Du hast unsere Geschichte nie zu Ende gebracht. Es ist jetzt vierzig Jahre her, und wir haben uns nie wieder gesehen. Ich lese die Namen unserer Freunde, die es wirklich gegeben hat, und gemessen an deren Leben und dem Tod vieler sind wir beide Überlebende einer vergangenen Zeit. Ich habe Dich geliebt, aber Du hast meine Liebe riskiert, Du hast uns geopfert, für Deine Idee und für Deine Jungs. Ich konnte das Ende des Prozesses nicht mehr abwarten. Ich musste nach Hause und wusste doch, dass es nicht mehr mein Zuhause war. Am Bahnhof hat Lenz auf mich gewartet und mir angeboten, mich mit dem Auto zu fahren. Ich habe gezögert, denn ich wusste, was seine Einladung bedeutete. Aber ich wollte nach all der langen Zeit endlich spüren, wie es ist, das Letzte, das zwischen Mann und Frau möglich ist, und so habe ich Dich verraten. So ist es im Leben, es ernüchtert uns, aber was erzähle ich Dir. Ich habe mein Abitur in Siegen gemacht, ich konnte nicht mehr an unsere Schule gehen. Überall, aus jeder Ritze schaute das Gespenst der Freiheit. In Siegen habe ich einen jungen Mann kennengelernt. Er war ganz anders als Ihr. Fast ein Kind, zart wie eine Frau, aber später nicht weniger gewalttätig als andere Männer. Er kam aus Vietnam und arbeitete in einem Restaurant. Wir haben eine Tochter gezeugt, aber wir sind nicht glücklich geworden miteinander. So habe ich ihn und Europa verlassen und bin nach Vietnam gegangen. Ich habe versucht, unser Projekt zu Ende zu führen. Ich bin durch die Straßen von Hanoi gelaufen und durch die Armenviertel von Ho-Chi-Minh-Stadt. Ich habe die Folgen des Krieges gesehen und den Versuch begleitet, dass eine bessere Welt entstehen sollte. Ist es nicht. Meine Tochter hat gestern an der Universität Hanoi promoviert. Sie wird Fachärztin für Chirurgie. Da kann sie den Armen besser helfen als wir mit unseren Worten, so sagt sie. Wir beide wären aber nicht hier, wenn wir damals nicht über Vietnam gesprochen hätten. Ich glaube weiterhin an die

Macht des Wortes. Am Anfang war das Wort. Ich unterrichte an einer Schule auf dem Land. Die Kinder schreiben auf Kreidetafeln. Der Schiefer erinnert mich an die Häuser im Westerwald. Unser wildes Leben lässt mich nicht los. Meine Tochter Lin hat mir erzählt, dass es Professoren an der Universität gibt, die behaupten, auch Onkel Ho sei ein Massenmörder gewesen. Ich habe Lin über das Haar gestreichelt und sie gebeten, nicht weiterzusprechen. Wir werden alt, wir müssen nicht mehr alles wissen. Ich grüße dich und behalte dich für immer in meinem Herzen. Lisa.

Im Unterhemd vor dem Spiegel sitzend, betrachtete der Clown sein Gesicht. Der Spiegel musste dringend geputzt werden. Dennoch erkannte er, was er längst wusste. Er war tatsächlich ein alter Mann geworden. Er musste lachen und trug die weiße Schminke auf. Draußen hörte er die Zirkuskapelle spielen. Er musste sich beeilen. Er zog sich das karierte Jackett über und steckte die rote Nase auf. Zum Schluss holte er seinen Papagei aus dem Käfig. Schwer atmend lief er über den vereisten Platz. Noch ein Tusch, und Menz stolperte hinter dem Vorhang hervor. Die Kinder klatschten. Als er sich verbeugen wollte, fiel er kopfüber in das Sägemehl. Die Kinder waren erschrocken. Menz weinte, hielt sich den Kopf, dann ein Schrei, aus seiner Glatze kam ein bunter Wasserstrahl, der bis in die siebte Reihe die Zuschauer nass spritzte. Mit einem Taschentuch wischten sich die russischen Mütter und Großmütter das Wasser aus dem Gesicht. Dann folgte Trommelwirbel, der Papagei breitete die Flügel aus und drehte eine Runde durch die Zirkuskuppel. Ein Tusch, künstlicher Nebel stieg auf, bevor er auf dem Schlappseil landete. Nun musste der Clown seinen Vogel zurückholen. Er kletterte die Strickleiter empor, und als er oben stand über all den Menschen und tausend Augen einer sibirischen Kinderlandschaft auf ihn gerichtet waren, da erinnerte er sich alter Zeiten, seiner Kinderrevolution auf dem Lande.

»Lisa!« rief er seinem Papagei zu, so laut, dass es die Kinder hören konnten. Er verfolgte den Vogel und schwebte über das Seil, bis er ins Stolpern geriet, so, als könnte er fliegen.

Das ist eine Geschichte, die in einer Gegend spielt, die ich nicht erfunden habe. Weitab von den Großstädten liegt der alte Dillkreis. Zwei Städte, Dillenburg und Herborn, bilden sein Zentrum, dennoch ist alles Grenzland. Das Buch spielt zwischen Erfindung und Wirklichkeit. Ich habe Landschaften geschaffen, die es so nicht gibt, und ich habe Personen geschaffen, die es so nicht gab.

Es tauchen auch Personen auf, die die Namen lebender oder damals lebender Menschen tragen. Aber meine Geschichte bleibt meine Erfindung und hat mit den realen Personen nichts zu tun. Für das, was hier steht, bin ich allein verantwortlich.

Die Atmosphäre, die ich versuche zu schildern, die Ereignisse, die uns haben politisch werden lassen, all das hat es gegeben. Auch die Straftaten, die hier aufgeführt sind. Sie sind heute verjährt.

Konstanz, im Frühjahr 2008
Christoph Nix